Solignac (A. De)

(1885)

ONCLE ET NEVEUX

2- SÉRIE GRAND IN-8°.

ONCLE

ET

NEVEUX

ENTRETIENS VILLAGEOIS

SUR LA

PROTECTION DES ANIMAUX

PAR

A. DE SOLIGNAC

LIMOGES

EUGÈNE ARDANT ET Cie, ÉDITEURS.

PRÉFACE

Bon pour les bêtes, bon pour les gens (proverbe).

L'homme n'a pas deux cœurs : l'un cruel envers les animaux, l'autre bienveillant pour ses semblables. Si nous accoutumons les enfants à être bons pour les bêtes qui les entourent, et qui sont en quelque sorte sous leur dépendance, comme eux-mêmes sont sous la tutelle de leurs parents, nous les verrons bientôt devenir justes et compatissants pour leurs camarades, et plus tard tolérants et charitables même pour leurs ennemis. La maison paternelle, surtout à la campagne, est un petit monde où l'enfant commence, de bonne heure, à montrer dans ses rapports avec les êtres inférieurs les qualités ou les défauts qu'il apportera plus tard dans ses relations avec ses semblables ; il faut savoir encourager les uns, réprimer les autres.

Depuis déjà vingt-huit ans, la Société protectrice des animaux s'efforce par de savantes publications et des récompenses attrayantes de faire pénétrer ces sages doctrines dans tous les rangs de la société, parmi ceux surtout qui ont des relations plus journalières et plus directes avec les animaux.

C'est en lisant le compte-rendu de ses séances que la pensée m'est venue d'écrire ce petit ouvrage. J'ai remarqué que les départements de la Haute-Vienne, de la Corrèze et de la Creuse étaient ceux où existaient dans les écoles le moins d'associations protectrices, où les médailles d'encouragement distribuées aux employés de ferme étaient moins nombreuses, où par conséquent les doctrines de la société étaient moins connues : mon livre leur est particulièrement destiné. Un habile éditeur de mes amis, dont la spécialité est de publier des livres d'école pour les contrées du centre, a bien voulu se charger de le mettre au jour : Puissent mes jeunes lecteurs en tirer quelque profit.

A. DE S.

ONCLE
ET NEVEUX

LES AMIS DU PAUVRE

Chien. — Chat. — Ane. — Chèvre et Lapin.

Le sentiment de la protection envers les animaux, a été gravé par Dieu au fond du cœur de l'homme dès le commencement du monde, et souvent le précepte en a été renouvelé dans sa loi. Il n'y dit pas seulement au premier couple humain : « Croissez et multipliez, assujétissez le monde, dominez sur les poissons de la mer, sur les oiseaux des cieux et sur toute bête qui se meut sur la terre. » (Genèse I, 28). Mais il ajoute : « Tu accompliras ton labeur en six jours, et le septième jour tu te reposeras, afin que ton bœuf, ton âne, le fils de ton esclave et l'étranger se reposent. » (Exode XXIII, 13) : et ailleurs : « Si tu trouves en ton chemin, soit sur un arbre, soit à terre, un nid d'oiseaux et la mère couvant les petits ou les œufs, tu ne les prendras point, mais tu les laisseras en liberté, pour qu'il ne te mésarrive pas. » (Deutéronôme XXII, 6).

Qui croirait que lorsque la plupart des hommes oublient le divin précepte, et chaque jour, par caprice, torturent les animaux qui leur sont soumis, ceux-ci au contraire, sans calcul, sans intérêt, et sans autre mobile qu'un dévouement instinctif, s'attachent à leur maître, partagent sans se plaindre sa mauvaise fortune, et se croient assez récompensés, quand une bonne parole, une caresse, vient encourager leur sacrifice.

Je veux vous parler d'abord, mes chers enfants, de ce groupe qu'on peut appeler les amis du pauvre, où figurent l'âne, la chèvre, le chien, le chat, et le lapin, et nous commencerons par le chien, c'est-à-dire l'espèce animale qui nous est la plus dévouée et dans laquelle figure le barbet de la mère Lafleur, cause première du scandale que vous avez donné il y a quelques jours.

LE CHIEN.

Pour l'intelligence et la sagacité, dit Buffon, pour l'attachement et la reconnaissance, en un mot pour tout ce qui, dans les effets de l'instinct imite l'esprit, et dans le sentiment ressemble à des vertus, le chien, entre tous les animaux est le chef-d'œuvre de la nature.

Indépendamment de la beauté de sa forme, de la vivacité, de la force, de la légèreté, cet animal a, par excellence, toutes les qual tés intérieures qui peuvent lui attirer les regards de l'homme. Il vient en rampant mettre au service de son maître, sa vigueur, son intelligence, sa volonté; il attend ses ordres pour en faire usage; il le consulte, il l'interroge; en peu de temps il se conforme aux manières, aux mœurs, à toutes les habitudes de celui qui le commande, et un coup d'œil suffit pour lui faire comprendre ses moindres désirs.

Nous connaissons, abstraction faite des espèces, le chien du berger, le chien du mendiant, le chien du chasseur, le chien de garde, le chien sauveteur, le chien du contrebandier, le chien du saltimbanque, etc.

Le premier est souvent fort laid. Elevé dans les champs il partage un peu la rudesse des mœurs de son maître; mais quelle activité autour du troupeau confié à sa garde; comme il a le soin de le maintenir dans le lieu destiné au pâturage, de rassembler sa troupe, de la tenir à distance du champ de blé qui doit être respecté; comme il a l'œil sur ceux qui voudraient enfreindre la défense; comme il sait en imposer aux téméraires par des mouvements qui les effraient, et châtier avec modération les obstinés auxquels l'avertissement ne suffit pas.

La nuit, quand le troupeau est parqué dans la plaine, et en butte à la dent du loup, le chien veille hors de la barrière tandis que son maître dort dans sa cabane mobile. Il va, il vient, il aboie, il avertit du danger, et au besoin attaque un ennemi plus fort, sans se préoccuper des chances de victoire et uniquement parce que le devoir l'ordonne.

On raconte qu'au pays des Hottentots, où abondent les lions, les léopards et les tigres, il existe une race de chiens tellement intelligents et dévoués, qu'ils parviennent à éloigner ces rôdeurs redoutables des troupeaux confiés à leur garde pendant la nuit. Ils se postent en sentinelle de distance en distance, et veillent assis, la tête allongée afin de ne rien perdre des bruits extérieurs. D'heure en heure, l'un d'entre eux s'éloigne et va faire patrouille dans la plaine. S'il n'entend rien d'inquiétant, il vient reprendre son poste et est remplacé par un autre; s'il a flairé l'ennemi, un japement d'alarme réunit en un instant derrière lui tous les chiens du troupeau, qui attaquent la bête malfaisante, l'entourent, la terrassent et la déchirent. (*Bulletin de la Société protectrice*).

Le chien du pauvre mendiant a une mission plus modeste, mais non moins digne d'intérêt. Habitué aux rebuffades, comme son maître, il semble concentrer toute sa tendresse sur celui dont il partage volontairement l'infortune. Il se contente de la nourriture la plus grossière; il ne quitte son maître ni jour ni nuit; si celui-ci est aveugle ou infirme il le guide, en choisissant la place de ses pas, au besoin il quête pour lui; le soir il s'étend au pied de son grabat pour le réchauffer; il veille sur son lit de souffrance; et l'on a vu souvent cet ami, fidèle jusque dans la mort, se coucher sur la tombe de son maître et s'y laisser mourir de faim.

Ai-je besoin de vous faire l'éloge du chien de chasse, ce compagnon de notre enfance, que nous avons tant de fois tourmenté, sans fatiguer sa tendresse indulgente, qui si complaisamment se laisse tirer les oreilles et la queue, atteler à une charrette, dresser contre le mur, affubler comme un cheval et même battre quelquefois sans autre plainte qu'un léger grognement, dont il atténue aussitôt la rudesse en léchant la main qui le tourmente : puis qui tout à coup, à la voix de son maître, à l'aspect de la carnassière, se dresse, aboie, bondit et s'élance dans la plaine, pour le noble plaisir de la chasse qui l'enivre. Alors que de ruses, que de stratagèmes, que de fatigues pour dépister le gibier, pour l'arrêter, pour le poursuivre, pour le chercher quand il est mort; et tout cela dans l'unique but de le rapporter fidèlement afin d'obtenir une caresse pour récompense.

Connaissez-vous une position plus triste que celle du chien
de garde, qui passe sa journée à la chaîne, accroupi dans une
étroite loge, tandis que l'instinct de sa race le porte aux courses vagabondes. Eh bien! détachez-le, quand le soir arrive;
au lieu de profiter de sa liberté pour fuir, vous le verrez
aussitôt prendre ses fonctions de rôdeur de nuit : aller, venir,
autour de la ferme; humer l'air de ses naseaux et dresser les
oreilles pour mieux saisir les odeurs et les bruits de la plaine,
et au moindre danger donner le signal d'alarme d'une voix
forte et s'élancer le premier à l'ennemi.

Quelquefois le chien de garde franchit la distance qui
sépare la niche de l'office; on le voit devenir commissionnaire.
Il reçoit les lettres et les porte à son maître; il prend un
panier à la gueule et va fièrement à la boucherie, à la halle,
chez la fruitière; sur un geste il se précipite à l'eau, sur une
parole il attaque le passant. Il n'y a point de genre de dévouement dont il ne soit capable.

Certaines espèces de chiens ont la spécialité d'être des sau-
veteurs aussi intrépides qu'intelligents. Tout le monde connaît les chiens du mont Saint-Bernard, que les religieux
dressent à chercher les voyageurs ensevelis sous la neige, dans
les sentiers escarpés des Alpes. Un de ces animaux nommé
Barry a été rendu célèbre par une gravure, qui le représente
rapportant sur son dos, du fond d'un précipice, un enfant en-
dormi. Les journaux sont pleins d'histoires de chiens de Terre-
Neuve, allant également chercher sous la glace, dans les
courants rapides, ou au fond des fleuves, les malheureux qui
se noient. Un de ces traits que je trouve dans le *Bulletin de la
Société protectrice des animaux*, est particulièrement touchant.
Il s'agit d'un méchant homme qui voulait noyer son chien, non
que la pauvre bête eut fait quelque mal, mais parce qu'elle
devenait vieille. « Il monte avec l'animal dans une barque, le
transporte au milieu de la Seine, lui lie les pattes et le jette

dans la rivière. Le chien en se débattant parvint à briser ses
liens, et nageant près de la barque cherchait à y remonter.
Furieux de voir que son projet avait avorté, l'homme saisit
l'aviron pour en frapper son ancien ami; mais en se penchant
sur le bord de la barque, il fait un faux mouvement et tombe
dans l'eau. On vit alors le chien fidèle à son devoir, nager
vers son maître, le saisir par son habit et le ramener sain et
sauf au rivage, en lui témoignant par ses caresses la joie de
l'avoir arraché à la mort. »

L'homme qui abuse de tout ce qui est bon, ne pouvait man-
quer d'en arriver à faire servir au mal l'affection même de ce
fidèle serviteur. Dans les colonies où il existe encore des
esclaves, des maîtres inhumains, dressent leurs chiens à la
poursuite des fugitifs, et ceux-ci les mettent en pièces quand
ils les atteignent. Chez nous on voit des bouchers accoutumer
leurs chiens à mordre jusqu'au sang les malheureux troupeaux
qu'ils conduisent à l'abattoir

Certains hommes faisant profession de tromper le gouvernement, dressent habilement leurs chiens au métier de contrebandier. Pour cela ils se déguisent en douaniers, et s'approchant des pauvres bêtes ils les fustigent vigoureusement
avec un fouet; puis reprenant leurs habits ils leurs prodi-
guent les caresses et la nourriture. Au bout de quelques temps
de cet exercice, les chiens ont une telle frayeur de l'uniforme
qu'ils s'enfuyent à toute vitesse de si loin qu'ils l'aperçoivent.
C'est alors que leurs maîtres les utilisent pour passer de
Belgique en France des dentelles, du tabac et divers autres
produits sans payer les droits de la douane.

Il en est d'autres qui pour vivre sans travailler abusent de
l'intelligence des chiens pour les dresser au métier de saltimbanque, dire la bonne aventure, sauter à la corde, faire
l'exercice dressés sur leurs pattes de derrière, vêtus d'uni-

formes burlesques, et exécuter divers tours qu'on ne peut
obtenir d'eux qu'à force de mauvais traitements.

Enfin, dans certaines contrées, on a l'habitude d'atteler les
chiens et de leur faire traîner une voiture, ou de leur faire
tourner la roue. J'ai vu de ces malheureuses bêtes confinés
dans la roue d'une soufflerie depuis cinq heures du matin jusqu'à sept heures du soir : j'en ai vu d'autres attelés à une
petite charrette, dans laquelle montaient non seulement des
enfants, mais avec eux une grosse nourrice, ou bien un mendiant estropié avec son hâvre-sac et ses provisions de bouche.

Ce sont là des abus de pouvoir que la Société protectrice a
signalés depuis longtemps et qu'il importe de faire disparaître
de nos mœurs. Le chien de contrebandier, trompé par une
ruse dont il ne peut se douter, est amené à attaquer l'homme
et peut le blesser mortellement en croyant faire œuvre méri-
toire. Il en est de même du chien de boucher dont le maître
ne s'est appliqué à développer que les instincts cruels; le
chien de saltimbanque n'arrive à amuser le public qu'au
prix de tortures morales et physiques, car la conformation de
cet animal ne se prête pas à ce qu'il se tienne debout, et ce
n'est qu'à force de mauvais traitements qu'on lui apprend des
choses vers lesquelles ses facultés ne le portent point. Pour ce
qui est du travail des chiens, ce n'est pas la chose en elle-
même, c'est l'abus qu'il faut craindre, et si l'homme est porté
à abuser du travail de ses enfants, que ne doit-on pas craindre
pour les animaux? Il faudrait au moins régler avec intelligence les heures de travail, comme le poids de la charge à
traîner. Dans les pays sibériens, où l'attelage des chiens est en
honneur, on calcule la charge de manière à ce que chaque
bête n'ait pas plus de 50 kilog. à traîner : chez nous, un seul
chien en traîne quelquefois plus de 80.

Avant de terminer ce qui a rapport au chien, j'ai encore un
mot à dire de la muselière et de la fourrière.

On dit que l'impôt sur les chiens, qui prive tant de mères
de la joie d'élever leur progéniture, aura pour effet de dimi-
nuer les cas de rage : je le veux bien ; mais si, par le verse-
ment de sa cote personnelle au Trésor, le chien a acquis droit
de cité, pourquoi exiger qu'il porte une muselière ? pourquoi
surtout continuer l'usage barbare des boulettes empoisonnées,
comme cela se pratique dans la plupart de nos villes du centre? Si le chien paie un impôt, il a un maître dont il est
facile de constater l'existence puisque son nom est écrit sur
le collier de l'animal. S'il a un maître qui paie pour le garder, à plus forte raison le maître se donne-t-il la peine de le
nourrir, de le soigner ; il est le premier intéressé à ce qui
son compagnon dont il est civilement responsable, ne cause
aucun dégât et ne prenne pas la rage. D'ailleurs si l'animal
devait venir malade, cet instrument de supplice qui le fatigue
et l'excite, ne hâterait-il pas l'explosion du virus au lieu de
l'empêcher, et la maladie déclarée, croit-on que cette mince
lanière placée au bout de son museau suffirait pour l'empêcher de se livrer aux emportements de sa frénésie ?

Quant à la fourrière, c'est une institution cruelle : généralement exercée, dans les villes au profit de quelques mauvais
garnements, qui viennent à l'aide d'un lacet surprendre les
chiens jusque sur le seuil des maisons, et les conduisent en
un lieu où ils ne sont rendus que moyennant finance. Tout
chien a un maître qui est responsable de ses actes ; s'il est en
contravention de quelque manière avec les lois, au lieu de
punir l'animal qui ne peut les connaître, cherchez le maître ;
le chien lui-même vous aidera dans cette recherche.

L'ANE.

Vous tourmentiez l'autre jour, non seulement le chien de la mère Lafleur, mais l'un de vous était monté sur un âne, qu'il harcelait avec un bâton pointu. C'est là, mes enfants, une action coupable, dont vous concevrez certainement un profond repentir quand vous connaîtrez les qualités de cette bonne bête

L'âne n'est peut-être pas, pour le pauvre, un ami aussi intelligent que le chien, mais c'est un cœur dévoué. C'est un de ces serviteurs un peu têtus qui vous résistent par fois, mais qui prennent vos intérêts malgré vous et qu'aucune ambition ne tente hormis celle de vous bien servir. « Cet animal, dit Buffon, s'attache à son maître quoi qu'il en soit maltraité. Il le sent de loin et le distingue de tous les autres hommes, il a les yeux bons, l'odorat admirable, l'oreille excellente, et n'hésite jamais à reconnaître le chemin de sa demeure, pourvu qu'il y ait passé une fois. » Si j'interrogeais ceux qui maltraitent la pauvre bête, tout en lui demandant journellement des services, ils me répondraient qu'il est laid, qu'il est sot. Eh bien! l'âne n'est point laid; s'il le devient c'est qu'il est mal soigné, mal nourri, bousculé et battu : mais dans certains pays, en Egypte, par exemple, vous le verriez la tête haute, avec une attitude gracieuse, un poil doux et propre, des allures vives et assurées. Quant à être sot, c'est encore une erreur; l'âne n'est pas sot, il est modeste, humble et patient; mais c'est un observateur de premier ordre. N'ayez peur quand vous le mettez paître qu'il se place autrement que la croupe au vent, afin de ne pas exposer son visage aux injures de l'air. Il craint les eaux nouvelles et n'aime point à boire aux abreuvoirs inconnus, parce que ces eaux pourraient le rendre malade. Sachant qu'on ne l'étrille jamais il évite avec soin de se vautrer dans la fange comme le cheval ; mais s'il éprouve le besoin de se rouler, ce sera sur le gazon, sur le chardon ou sur la fougère. Enfin il a une tendresse extrême pour ses petits et se jette dans les flammes pour les retirer du danger.

« Sur le champ du pauvre, l'âne porte l'engrais de son étable et la litière qu'il a fécondée. Il en ramène les récoltes à engranger. Il va, vient, revient, porte le grain au moulin, les fruits au marché, le bois au logis, les glanées des actives moissonneuses, les paquets odorants de la fenaison, le chaume des jachères; et d'un pied sûr, trotte dans les chemins les plus escarpés pour conduire son maître à la ville.

» A la ville, d'autres devoirs l'appellent. L'ânesse, pharmacienne agrégée, va la clochette au cou frapper de porte en porte, pour distribuer aux malades son lait bienfaisant. Ce breuvage léger, salutaire, riche de sucre et de crème, qui fait des miracles. » (*Bulletin de la Société protectrice*).

Que demande le pauvre animal, en échange de tous ses services? Qu'on le laisse brouter, sur la route, quelques sommités de chardons, quelques bourgeons d'orme ou de saule, qu'on lui donne à l'étable un peu de paille et de mauvais foin et qu'on lui laisse boire une gorgée d'eau pure.

On raconte que le capitaine d'un navire, ayant acheté un âne à Gibraltar, l'embarqua avec lui : mais à la pointe de Gat, ayant été assailli par une tempête, il fut obligé de jeter l'animal à la mer. Le sort du pauvre âne était déplorable, car les vagues étaient furieuses. Cependant quelques jours après, il se présentait chez son ancien maître. Celui-ci s'imagina que, pour une raison ou pour une autre, il n'avait pas été embarqué ; mais au retour du navire tout s'expliqua. L'âne avait nagé courageusement vers le rivage, et sans guide avait trouvé la route de Gat à Gibraltar, qui est de plus de 200 milles, à travers une contrée montagneuse qui lui était complètement inconnue. Trouvez-vous que cet âne fut si bête et qu'il manquât d'attachement ?

LA CHÈVRE

La chèvre est la vache du pauvre, comme l'âne en est le cheval. Forte, légère, vive, sobre et robuste, elle ne craint ni les intempéries, ni les terrains accidentés de précipices, ni l'ardeur du soleil, ni la mauvaise nourriture. Quelques feuilles de chou, quelques épluchures de cuisine, les ronces des buissons, les plantes aromatiques qui abondent dans les lieux

2

abandonnés, suffisent à son entretien. Elle n'est sensible qu'à la propreté de la paille où elle aime à se coucher à l'abri du vent, et à la qualité de l'eau qu'on lui présente à boire.

Sa nature affectueuse lui fait rechercher le voisinage de l'homme; elle se familiarise aisément et est sensible aux caresses; quoique vagabonde par goût, elle sait se réduire en troupeau. Dans les pays de montagne on attache une clochette au cou de la plus docile, et on laisse les autres se disperser dans le voisinage. Le soir venu, chacune lève la tête et écoute. Dès qu'elle a reconnu le son accoutumé de la clochette, elle se met à courir et se rapproche du pâtre, pour regagner l'étable avec ses compagnes.

Une chèvre donne à son maître, pendant neuf mois de l'année, une rente journalière de deux ou trois litres d'excellent lait, dont on fait de bons fromages, ou que l'on consomme dans son premier état : elle a en outre deux chevreaux chaque printemps, qui se vendent, si l'on veut, au bout de quinze jours, la moitié du prix d'achat de la mère. Elle fournit encore à l'industrie un poil plus rude que la laine, mais qui sert cependant à faire de bonnes étoffes. Sa peau est très recherchée et sa chair, comparable dans la jeunesse à celle de l'agneau, est saine et mangeable, même dans un âge avancé, malgré le goût fort qui s'en exale.

Certains médecins conseillent de préférence à tout autre le lait de chèvre pour nourrir les enfants que la mère ne peut allaiter elle-même. Cette bonne bête est assez intelligente pour présenter directement sa mamelle au nourrisson, et éviter ainsi l'intermédiaire nuisible du biberon; elle s'attache à l'enfant, l'appelle par un bêlement inquiet et vient d'elle-même aux heures accoutumées pour remplir son office.

M. Bourguin raconte le trait d'un notaire des environs de Paris, qui avait mis son enfant en nourrice dans une campagne éloignée. La femme étant tombée malade et manquant de

lait, avait acheté une chèvre pour la suppléer. Quand les
parents vinrent pour reprendre l'enfant, on fit approcher
la chèvre afin de la laisser encore une fois prodiguer ses
caresses à son cher nourrisson. On eut toutes les peines du
monde à retenir la pauvre bête qui se désolait en voyant
partir la voiture. Aux approches de la nuit, l'enfant se mit à
crier; c'était l'heure où la chèvre venait l'allaiter, avant
qu'on le couchât. La mère cherchait vainement à l'apaiser.
Mon Dieu, se dit le notaire, si Fanchette était ici, elle nous
rendrait un grand service. Il n'avait pas achevé ces mots qu'un
bêlement lointain répondit aux cris du marmot et, un instant
après, la pauvre Fanchette toute haletante sautait dans le
cabriolet et présentait sa mamelle à l'enfant. La pauvre bête
s'était échappée et suivait la voiture de toute la vitesse de ses
jambes. Le notaire finit par où il aurait dû commencer : il
acheta la chèvre.

Ces traits d'attachement ne sont point rares. Quand la
chèvre d'une pauvre veuve, broutant le long d'un buisson,
voit passer un troupeau de ses compagnes se rendant au pâturage sous la direction d'un berger, jamais elle n'est tentée de
quitter sa maîtresse pour une vie plus douce et une nourriture
plus abondante. Menée en foire et achetée par un nouveau
maître, c'est en vain qu'on lui prodigue les soins et les dou-
ceurs elle refuse les herbes qu'on lui présente et ne cesse de
bêler pendant plusieurs jours.

LE LAPIN.

Cet animal n'a pas une grande intelligence, mais il demande
si peu de soins, il est si facile à nourrir, les profits que sa
fécondité extrême procure à son maître sont si remarquables,
que c'est un des animaux qu'on doit désirer le plus de voir
répandre dans les petits ménages de villageois, où il procure,
sans dépense, l'avantage considérable de manger de la viande
plusieurs fois par semaine, et de faire une soupe saine et
savoureuse avec les morceaux inférieurs de la bête.

Chaque lapine peut donner six à sept portées par an, et
chaque portée cinq à six petits en moyenne, souvent huit.
Avec deux mères et un mâle on pourrait donc vendre un
lapin toutes les semaines et en manger un autre. Pour loger
toute la famille, il suffit d'un petit édifice grossier en planches
ou en briques, que l'on sépare en divers compartiments : un
pour le mâle, un pour les mères pleines, un pour les mères
qui allaitent, un pour les lapins sevrés. On nourrit toute cette
colonie avec des épluchures, de l'herbe, du foin, des carrottes,
des pommes de terre, des choux, qu'on distribue dans de
petits rateliers, afin que la précipitation des consommateurs
ne fasse rien perdre. A six semaines, les lapereaux peuvent se
passer de la mère, et à trois mois ils sont bons à engraisser.
Un lapin qui se vend cinquante sous n'en a pas dépensé plus
de quinze à élever. Souvent sa nourriture ne coûte absolument
rien, si l'on opère sur une petite quantité, car il vit de débris
qui se perdraient.

Généralement dans la campagne, on abandonne aux jeunes enfants, comme une distraction, le soin d'élever des lapins. On voit alors au fond d'une caisse sans air, ou d'un vieux tonneau défoncé quelques-unes de ces malheureuses bêtes encrottées dans leur fiente, croupissant dans leur urine, piétinant sur la maigre nourriture que le gamin leur distribue quand il y pense, mais sans que personne songe jamais à leur donner du soleil, du grand air, de la paille sèche, et une cabane propre. Dans ces conditions, non seulement les animaux crèvent, mais les mauvais soins qu'ils reçoivent transforment leur vie en martyre, et en une mauvaise action, ce qui devrat être une bonne affaire en même temps qu'un plaisir.

Il ne faut jamais oublier, mes chers enfants, que tous les animaux aiment la propreté, le grand air, le soleil, et que ces conditions sont aussi nécessaires à leur vie que la nourriture. C'est donc une cruauté de les en priver, et c'est au contraire notre avantage, notre intérêt de leur prodiguer ces soins peu coûteux, car ils en deviennent plus beaux, plus féconds et d'un plus haut prix.

LE CHAT.

Il n'est pas de chaumière si pauvre qui ne possède un chat. C'est l'hôte obligé du foyer domestique, et le gardien vigilant des provisions de ménage contre les petits voleurs qui s'insinuent par les fenêtes et les toitures, comme le chien est la terreur des mauvais voisins et d s voleurs de nuit.

Ce joli petit animal, toujours propre et coquet, toujours bien peigné, toujours élégant dans ses mouvements, est souvent le seul compagnon de la ménagère, qu'il distrait par ses gentillesses. Les fabulistes qui l'ont souvent mis en scène lui ont toujours fait remplir le rôle des gens fins et rusés. Buffon considère les chats comme des fripons souples et flatteurs, sachant à merveille couvrir leur marche, dissimuler leurs desseins, épier les occasions, attendre le moment de faire leur coup, mais n'ayant que l'apparence de l'attachement. Ce jugement est trop sévère. Le chat a trop d'esprit pour ne pas avoir un peu de cœur. « Bien des braves femmes de la campagne vous diront que leur chat les suit comme le chien suit le maître de la maison. Il va jusqu'aux champs avec elles, et pendant qu'elles cueillent l'herbe pour la vache, Noirot chasse et attrape les mulots dans la plaine. » Dans les villes c'est bien mieux encore, et toutes les mères Michel ont à vous raconter mille traits de tendresse ou d'affection dont Minette est l'héroïne. En voici un que j'emprunte à M. Bourguin :

Un savant avait un chat et un serin qu'il avait accoutumés à vivre en amitié. La cage était toujours ouverte. Le serin n'y rentrait que pour manger sa graine, et pour s'y percher la nuit. Pendant le jour il voltigeait dans la chambre, se posant tantôt sur l'épaule du savant, tantôt sur son papier. Le chat, aussi lui, sautait souvent sur la table, et en faisant le gros dos réclamait une caresse. Un jour, le chat et l'oiseau jouaient dans un coin de la chambre, quand tout à coup le savant vit le chat s'élancer sur le malheureux oiseau, le saisir dans sa gueule et se sauver en grondant à l'autre bout de l'appartement. C'est qu'un chat du voisinage s'était introduit dans la chambre par la porte restée entr'ouverte. Au mouvement que fit le savant pour courir au secours de l'oiseau, le chat étranger prit la fuite; celui du logis vint déposer aux pieds de son maître, le serin qui n'avait aucun mal.

Les petits chats sont surtout charmants par leur grâce, leur candeur et la pétulance de leurs jeux ; ils servent aux enfants de joujoux et de compagnons sans y mettre de malice, mais un peu plus tard ils commencent à s'en méfier, et souvent ils se défendent avec les ongles contre ceux qui cherchent à les approcher de trop près. C'est que l'expérience ne tarde pas à leur apprendre combien il est dangereux de se commettre avec un plus grand que soi. Rien n'est cruel comme les enfants en troupe ; j'en ai vu cent fois martyriser de pauvres petits chats, les poursuivre, les traîner dans le ruisseau, les empoigner par la peau de l'échine et les jeter au loin dès qu'ils cherchaient à se rebiffer : Puis courir après eux de plus belle, pour inventer de nouveaux tourments, jusqu'à ce qu'une âme charitable vint mettre fin aux tortures du pauvre animal en fustigeant les gamins. Il ne faut donc pas trop blâmer les chats de se tenir sur leurs gardes, mais on ne saurait avoir trop de mépris envers ceux qui abusent de leur force pour faire souffrir les pauvres bêtes.

DEUXIÈME ENTRETIEN

LES ANIMAUX DE LA FERME

Bœuf. — Mouton. — Porc. — Cheval.

Quelques jours après l'entretien que nous venons de reproduire et qui avait fait une vive impression sur les neveux de
M. le curé, ils furent amenés dans une de leurs promenades,
avec cet excellent oncle, à passer devant l'abattoir où le boucher du village préparait la viande, qui devait être exposée
au marché du lendemain. Il y avait là des garçons, vêtus de
tabliers pleins de sang, qui, à grands coups de massue sur la
tête, abattaient de pauvres bœufs, dont les mugissements fen-
daient l'âme; d'autres attachaient des moutons par les pieds
à une poutre et leur enfonçaient un poignard dans le cou; un
grand gaillard à la mine féroce, le genou appuyé sur le ventre
d'un cochon gras, le saignait en chantant, malgré les cris
déchirants du pauvre animal; pendant ce temps, le maître,
armé d'un grand couteau, ouvrait le corps des victimes encore
chaudes et en retirait soigneusement les viscères, que des
femmes recevaient dans des paniers pour aller les laver à la
rivière et les parer avant de les mettre en vente.

L'aspect de ce sang, de ces cadavres, de ces débris fumants, au milieu des gémissements des victimes, avait saisi d'horreur l'esprit des jeunes écoliers.

— Quelle horrible chose! s'écria Joseph, en entraînant ses frères; comment se fait-il qu'on ne punisse pas ces gens-là?

— Parce qu'ils font un métier utile, répliqua l'abbé Pyrmil. Puisque Dieu a voulu que la chair des animaux entrât dans le régime alimentaire de l'homme, il faut bien qu'il y ait des bouchers qui se chargent d'immoler les animaux destinés à nos tables. Là n'est pas la cruauté. Le boucher qui assomme un bœuf, le chasseur qui tue un lièvre d'un coup de fusil, ne font pas une mauvaise action; mais celui-là montre un méchant cœur et se rend coupable aux yeux de Dieu, qui prend plaisir à faire souffrir la bête qu'il immole; le garçon boucher qui amène brutalement à coups de bâton le bœuf que l'odeur du sang épouvante et le fait mordre par ses chiens, celui qui pour avoir une viande plus blanche, saigne en plusieurs fois un petit veau, malgré ses plaintes, celui qui, au risque de disloquer un membre, traîne par la patte un mouton effrayé et l'étrangle pour arrêter ses bêlements, voilà les coupables, voilà ceux qu'il faut mépriser comme faisant abus de la force envers les animaux les plus soumis et les plus sincèrement ralliés à l'homme.

Car c'est une chose douloureuse et triste à penser que nous sommes obligés d'abattre, pour notre nourriture, précisément les espèces qui nous sont les plus dévouées, et qui pendant leur vie nous rendent le plus de services; n'est-ce pas une raison de plus pour leur épargner, au moins, pendant qu'elles sont vivantes, les mauvais traitements et de racheter ainsi en quelque sorte la nécessité qui s'impose de leur infliger une mort violente sans que jamais elles l'aient méritée?

LE BŒUF, LA VACHE, LE VEAU.

Voyez s'il est une famille plus attachée et plus utile à l'homme que celle que je viens de nommer. « C'est sur le bœuf, dit M. Bourguin (1), que roulent en grande partie les travaux de la campagne; il est le domestique le plus utile de la ferme, le soutien du ménage champêtre; il fait la force et la richesse de l'agriculture; il donne l'engrais qui fertilise la terre; il tire la charrue, ramène la moisson dans la grange, et fournit la chair la plus succulente de nos repas. » Le vache joint aux mêmes services, le don de son lait qui fournit la maison de crême, de fromage, de beurre, sans compter le veau qu'elle met au monde chaque année; enfin celui-ci s'élève vite, prend promptement une grande valeur, et soit qu'on le conserve, soit qu'on le vende pour la boucherie, remplit généreusement la bourse de son maître.

Les bœufs ne deviennent méchants que quand on les excite; leur bonté est proverbiale. Cette bête si robuste, armée de cornes si puissantes, obéit à la voix d'un enfant. Elle est sensible aux caresses comme un chien, et lèche la main qui le flatte. L'amitié du bœuf pour son compagnon de joug est

(1) Bourguin : *M. Le Sage*, 1 vol. in-12, Paris.

proverbiale, et la tendresse des vaches pour la laitière qui les
trait est connue de tout le monde.

Il faut rendre cette justice à nos laboureurs, que généralement les bœufs et les vaches sont bien traités dans les fermes;
cependant il y a plusieurs choses à considérer que l'on y oublie trop fréquemment. Ainsi la plupart des cultivateurs n'ont
aucun souci de la propreté de leurs bêtes, et négligeraient de
leur mettre de la litière si l'intérêt du fumier n'était au bout.
Ils laissent sortir leurs bœufs et leurs vaches de l'étable avec
de grandes plaques de fumier collées aux jambes, et le poil
plein de poussière, sans se douter que le pansage à l'étrille
et à la brosse de buis leur est aussi nécessaire qu'aux chevaux.

D'autres se servent pour les atteler d'un joug grossier qui
leur impose une gêne douloureuse, au lieu du demi joug ou
d'un collier qui leur laissent la liberté des mouvements et
leur permettent de déployer toutes leurs forces. D'autres, au
lieu d'attendre l'âge de deux ans et demi à trois ans, pour les
mettre à la charrue, les font travailler trop tôt et épuisent
leurs forces avant qu'elles soient suffisantes. Quelques-uns,
trop ardents à l'ouvrage, font des liées de plusieurs heures
sans aucun repos, et prolongent en plein soleil le travail de
leurs bêtes, que cet exercice expose aux apoplexies et à la
mort, tandis que quelques autres, ne sachant pas calculer le
poids de leur voiture, attellent à de lourdes charrettes un
nombre insuffisant de couples, et épuisent leurs animaux en
leur faisant traîner des poids trop lourds.

Mais ce sont surtout les marchands de bétail et quelques
garçons bouchers, qu'il serait important de convaincre et
d'amener à des sentiments plus humains envers ces pauvres
bêtes. Leur avarice et leur mauvaise humeur, ne connaît aucun frein dès qu'ils sont en route avec un troupeau. On en a
vu entasser dans des wagons les animaux destinés à la boucherie, en les serrant au point que plusieurs périssaient en

route. La plupart exécutent les plus longs parcours en chemin
de fer, sans jamais donner à boire ni à manger au troupeau
qu'ils conduisent. Si le chemin se fait à pied, c'est bien pis
encore ; car ni la fatigue, ni les blessures de leurs bêtes ne
peuvent les émouvoir ; ils ne leur parlent qu'à coups de bâton,
ou en excitant leurs chiens contre elles. Les vaches en lait ne
sont même pas tirées. Les veaux sont séparés de leurs mères,
et attachés par les pieds. « On les jette dans une voiture où
déjà sont empilées d'autres victimes. Là, ces malheureux ne
peuvent faire aucun mouvement. » La tête pendante, les yeux
gonflés, le corps assailli par les taons et les mouches, le palais
desséché par la soif, ils gémissent en vain en appelant leur
mère ; le toucheur fume sa pipe, excite ses chiens et ne paraît
même pas entendre leurs plaintes.

Une fête à demi sauvage, dont les bœufs étaient les héros,
tend aujourd'hui à disparaître. Je veux parler des promenades
du bœuf gras, à travers les rues des villes, avec escorte de
momeries mythologiques. Sans rechercher l'origine fort an-
cienne de cette cérémonie, on pouvait, dit M. J. Perin, lui
trouver une sorte de raison d'être, lorsque le carême était
rigoureusement observé. Le mardi gras promenait alors en
pompe la dernière viande pour lui dire adieu (caro vale);
mais aujourd'hui que le carême a adouci ses rigueurs, cette
fête est sans signification. Une pompe ironique pour conduire
à la mort de pauvres animaux a quelque chose de révoltant. Sa
suppression n'ôtera aucun grain de poésie à notre existence.
(Bulletin de la Société).

La Société protectrice trouve des obstacles plus énergiques
dans ses efforts, pour faire disparaître es combats de taureaux, qui sont un des attraits les plus piquants des réjouis-
sances populaires dans nos provinces du midi : mais ce n'est
pas une raison pour elle de se taire. Le but qu'elle poursuit
a trouvé d'unanimes applaudissements dans la presse.

MM. H. de Sémallé, le docteur Blatin, H. Tartière, Sausse-
Villiers, ont fait de cette intéressante question l'objet
d'étud's spéciales. On voit d'après leurs recherches, que dès
l'année 1567, le pape Pie V, portait interdiction, sous peine
d'excommunication et d'anathème, de donner des combats de
taureaux ou d'y assister comme spectateur. La même sentence
y est portée contre tous princes chrétiens, ecclésiastiques ou
séculiers, empereurs, rois ou autres, quel que soit le nom de
leur dignité, de leur gouvernement ou de l ur république, qui
permettraient l'établissement de ces jeux dans leurs provinces,
cités, territoires, places fortes, ou juridictions quelconques.
En 1634, l'évêque d'Aix faisait revivre la même interdiction
dans son diocèse. En 1757, un arrêt du conseil d'Etat, défen-
dait les combats de taureaux dans les villes du midi. Les lois
de 1790 et 1791, visent le même objet. Enfin, dans ces dernières années, monseigneur Plantier, évêque de Nîmes, publia
un mandement contre ces jeux sanglants, et deux ministres de
l'intérieur, M. La Valette et M. Beulé, les défendirent par des
circulaires aux préfets. Il est à espérer que tant de louables
efforts, secondés par les publications de la Société protectrice
des animaux, ne resteront pas sans résultat.

LE MOUTON.

La brebis et le mouton, sont les plus doux de tous les animaux, e. les plus utiles à l'homme, puisqu'ils peuvent lui

fournir à la fois de quoi se nourrir et de quoi se vêtir; un lait et une chair de première qualité, et une laine qui sert à tisser nos habits les plus chauds. En revanche, l'homme qui professe une grande admiration pour le lion et pour l'aigle, traite le mouton de stupide, et regarde cette race comme ayant le moins d'instinct de tous les quadrupèdes.

Un berger intelligent ne raisonne point ainsi : il sait que la brebis est capable d'attachement, et en profite pour dresser les plus alertes à marcher à la tête des autres, et à obéir à sa voix. Ces bonnes bêtes ne peuvent vivre loin du troupeau auquel elles appartiennent. Si, par hasard elles viennent à s'égarer, on les voit courir en bêlant de tous côtés, prêter l'oreille au moindre son, et donner tous les signes de la plus vive inquiétude jusqu'à ce qu'elles aient retrouvée la trace de leurs compagnes. Elles ne méritent pas davantage le reproche d'indifférence envers leurs petits; elles se prêtent au contraire à tous leurs caprices, s'arrêtent de manger pour les laisser téter, et montrent une sollicitude pleine de tendresse pour les défendre contre toute atteinte.

Les mauvais bergers, dit M. Bourguin, élèvent leurs chiens à s'élancer sur la brebis qui s'écarte un peu ou qui reste en arrière et à la mordre cruellement. La pauvre bête effrayée, ahurie, va donner tête baissée contre ses compagnes, et met la confusion parmi elles. Le berger augmente souvent le désordre en lançant des pierres au milieu de la bande. Etonnez-vous, après cela, si au moindre bruit on les voit se serrer les unes contre les autres, et se précipiter tantôt d'un côté tantôt de l'autre, pour échapper aux morsures des chiens.

Le berger, ami de ses bêtes, au contraire, ne cherche qu'à leur éviter des douleurs et des tourments; il sait que les brebis chargées d'une lourde toison ne sont pas destinées à marcher longtemps sans se fatiguer, et il ménage leurs pas. Il est attentif à ne point les laisser au soleil de midi qui leur est

nuisible, et quand vient la chaleur du milieu du jour, il les
retire à l'ombre sous un arbre. La nuit, il ne souffre point
qu'elles soient entassées, sans air, dans quelque toit obscur,
comme cela se pratique encore dans quelques provinces recu-
lées; mais il a soin de faire pratiquer des ouvertures à une
certaine hauteur, pour entretenir une ventilation salutaire
dans la bergerie.

Quant aux bouchers et marchands de bétail, je voudrais
que les membres de la Société protectrice des animaux puissent se trouver à leur rencontre, munis de leur carte verte,
lorsque ces misérables parcourent les campagnes achetant, et
entassant pêle-mêle, dans des paniers ou dans leurs charrettes, les pauvres petits agneaux et les malheureux petits
chevreaux qu'on leur vend pour la boucherie. Rien n'est comparable aux souffrances qu'ils font endurer à ces innocentes
créatures, et leurs cris fendent l'âme de tous ceux qui les rencontrent, quand on les voit les pattes liées, et la tête pendante
jeter un regard suppliant vers la prairie où elles sont nées, à
mesure qu'on les étouffe sous de nouvelles charges, et qu'on
les emporte au trot d'une mauvaise carriole, à travers les
cahots du chemin.

LE PORC.

Cet animal dont on a dit tant de fois qu'il ne faisait du
bien qu'après sa mort, est un des principaux éléments de la
cuisine des fermes : aussi n'y a-t-il guère de ménage à la
campagne qui n'élève un cochon. Le sang, les intestins, les
pieds, la tête, en un mot toutes les parties de la bête fournis-

sent des plats savoureux ; sa graisse est un accommodage
excellent, et sa chair qui prend bien le sel se conserve d'une
année à l'autre sans s'altérer. Si vous ajoutez à cela que les
animaux de cette espèce sont très féconds, et que tout en étant
d'un gros appétit, ils sont très faciles à nourrir, puisqu'ils
mangent indistinctement tout ce qu'on leur présente, cuit ou
cru. légumes, fruits, épluchures de cuisine, déchets de boucherie, et se régalent des eaux grasses de vaisselle, on com-
prendra facilement les raisons qui les recommandent à notre
protection.

Il est vrai que le porc n'est ni gracieux, ni intelligent. Il
sait cependant reconnaître son maire, accourt à la voix de la
personne qui le soigne, et suit assez volontiers ses compagnons et le petit pâtre qui les conduit. L'odeur repoussante et
la saleté crasseuse qu'on lui reproche, sont moins le résultat
d'un vice originel que l'indice du peu de soin que ses gar-
diens prennent d'observer ses mœurs. Le porc aime naturellement le bain et une bauge fourrée de litière sèche. Il suffit
pour s'en convaincre de visiter la demeure que son parent le
sanglier se prépare dans les forêts, et de le suivre au bord des
ruisseaux. Dans nos campagnes au contraire, le toit à cochons
est le lieu le plus malpropre de la ferme. Au lieu d'une paille
abondante qui le défende contre le froid, l'animal n'y trouve
qu'une boue nauséabonde qui engendre des ulcè es sur sa
peau ; et quand il veut se baigner, c'est dans la fange des
mares abandonnées ou des ornières de voiture qu'il est réduit
à se vautrer.

Il faut donc engager les porchers à nettoyer fréquemment la
loge occupée par les cochons, à y entretenir une litière abondante et séchée, à les mener souvent au bain pendant la belle
saison, et à les étriller de temps en temps pendant les mois de
froidure. Leurs animaux s'en porteront mieux et engraisseront
plus vite.

LE CHEVAL.

La force, l'agilité, et une tendance naturelle à l'obéissance, ont fait du cheval un de nos plus utiles animaux domestiques. A l'état sauvage, il se choisit des chefs parmi les plus anciens et les plus aguerris de chaque tribu ; à l'état domestique il se plie si bien aux besoins et à la volonté de l'homme, que les éleveurs ont pu créer les types les plus divers : force musculaire extrême pour le cheval de trait, lenteur et patience pour le cheval de charrue ; vitesse soutenue pour le cheval de diligence, souplesse et agilité pour le cheval de voiture légère, extrême sensibilité et allures élégantes pour le cheval de selle, soumission et intrépidité pour le cheval de guerre.

Cet animal n'est point sans défauts : il est souvent ombrageux, quelquefois méchant. Il rue sans raison, il se câbre, il mord, mais ces défauts tiennent bien p us souvent à la grossièreté des palefreniers qu'au mauvais naturel du cheval. Chez les Arabes où l'on élève les chevaux sans rudesse, presque tous sont doux ; ils obéissent à la voix, suivent les enfants comme des chiens, et restent stationnaires pendant des heures entières à la porte de la maison où leur maître est entré : leurs qualités se sont développées par les bons traitements. Chez nous, au contraire, faut-il le dire, le cheval est

3

presque toujours traité avec une suprême injustice : il pourrait porter 200 kilogrammes, on double le poids ; il pourrait traîner trois mille livres, on en exige cinq ; il pourrait parcourir trois lieues à l'heure, on le force à en faire quatre. Son maître ou du moins son palefrenier ne lui parle qu'avec des jurements, l'affuble souvent de harnais qui le blessent, et ne l'excite qu'à coups de fouet, comment voulez-vous qu'à pareille école il ne devienne pas violent et brutal?

Les traits abondent par lesquels il est facile de montrer qu'au contraire le cheval s'attache passionnément au maître qui l'aime et le traite avec bonté. Dans nos régiment , le cheval de guerre est souvent un ami pour le cavalier qui, dans ses moments de loisir, le flate, lui parle, et partage avec lui son pain et son manteau. Aussi est-ce presque toujours parmi les chevaux de soldat qu'il faut chercher les exemples de dévouement et de fidélité. Delachambre rapporte que certains de ces animaux se sont laissés mourir après avoir perdu leur maître. Il cite le cheval de Nicomède et celui de Scanderberg. On connaît les traits du cheval d'Alexandre qui, étant blessé, arracha son maître du milieu des ennemis et expira en arrivant au camp des Macédoniens. Le général Daumas en rapporte un absolument semblable d'après le témoignage d'Abd-el-Kader. Un dernier fait qui prouve tout à la fois l'intelligence et le cœur du cheval a été raconté dernièrement par le *Mémorial de Lille.* « Un cultivateur possédait un cheval de grand âge, dont les dents étaient usées au point de ne pouvoir mâcher le foin, ni broyer l'avoine. Cet animal était nourri par deux chevaux qui se trouvaient dans la même écurie, et qui prenaient au ratelier du foin pour le mâcher un peu, et le placer ensuite devant leur camarade infirme. Ils faisaient de même pour l'avoine qu'ils broyaient de même et mettaient à sa portée. Un certain nombre de personnes ont assisté à ce touchant spectacle de sollicitude et en ont rendu témoignage.

Il y a en France beaucoup de gens qui se disent, qui se croient amis des chevaux, et qui, faute de réflexion, imposent à ces pauvres bêtes de cruels supplices : telle est la conduite de ceux qui condamnent leurs chevaux à vivre toute l'année à l'écurie, passant quelquefois deux ou trois jours sans sortir, et faisant ensuite d'un seul trait une course très longue ou très rapide. Il ne faut pas oublier que le cheval n'est pas créé pour rester stationnaire; un trop long séjour à l'écurie, engourdit ses articulations et lui fait enfler les jambes; il est indispensable de le sortir tous les jours et un travail modéré lui est plus profitable qu'un repos trop long. La même réflexion s'applique à la nourriture. Toujours de la paille, du foin sec et de l'avoine, c'est excellent, mais cela fatigue, échauffe et rend malade à la longue. Au printemps l'herbe verte tente tous les animaux et leur est très salutaire. Il y a des moments où un panier de carrottes vaut mieux qu'un picotin d'avoine, et où le meilleur foin ne saurait remplacer un peu de trèfle vert ou d'herbe nouvellement fauchée.

Je regarde également le dressage des chevaux de course comme une funeste innovation dans nos mœurs. On a tort de dépenser les revenus de l'État à encourager cette sorte d'industrie. Les chevaux de course ne rendent aucun service réel. Ils sont impropres à faire un long voyage ou à tirer un fardeau quelconque : leur talent est purement artificiel, et ils le perdent dès qu'on cesse de l'entretenir tous les jours, par des manœuvres et des exercices qui les épuisent en quelques années.

Quand arrive l'époque de la vieillesse, vers la vingtième année, les juments hors de service sont généralement employées à la reproduction, et lâchées dans les herbages où elles vivent en liberté et reviennent à peu près à l'état de nature. Mais les vieux chevaux ont le sort le plus misérable. Vendus à des saltimbanques ou à des marchands forains de

bas étage, ils n'ont plus d'autre régime que les coups de f uet
et les touffes d'herbes des chemins. On les voit maigres,
décharnés, se soutenant à peine, porter dans des paniers sans
bât les oripeaux de leurs maîtres, ou traîner une carriole
branlante où réside tout le ménage des bohémiens. La nuit,
sous le vent, sous la pluie, sous la neige, ils demeurent attachés à une roue de la charrette, sans que jamais leur maître
songe à leur jeter sur le dos une couverture, et à leur donner
une poignée de fourrage. D'autres encore plus mal partagés
par le sort, sont vendus aux éleveurs de sangsues, pour être
conduits deux fois par jour dans les marais, où pullulent ces
reptiles et servir de proie à leur voracité. « Les derniers
maîtres de ces pauvres bêtes trouveront moyen de bénéficier
sur leur dernier souffle de vie, en vidant méthodiquement
leurs veines appauvries, comme on pressure un citron desséché. La souffrance est horrible, l'agonie lente et monstrueuse;
mais, qu'importe, le commerce est lucratif, et la loi n'atteint
pas les misérables qui l'exercent. »

Depuis quelques années un certain nombre de vétérinaires
et de naturalistes de mérite, ont tenté d'arracher la race che-
valine à cette destinée lugubre, en conseillant d'engraisser les
vieux chevaux, comme on fait des bœufs de travail, et de les
livrer à la boucherie. Cette innovation aurait pour avantage
d'augmenter considérablement l'approvisionnement de viande,
dont la production est manifestement insuffisante en France,
et de fournir à petit prix, à un certain nombre de consommateurs, un aliment sain et très réparateur. Selon nous, la question est complexe : en ce qui concerne les chevaux sains qui
meurent par accident, il n'est pas douteux qu'il soit préférable
de les livrer à la consommation, que de laisser perdre leur
chair par suite d'un sot préjugé; pour les vieux chevaux
étiques, harassés, et souvent malades qu'on rencontre sur les
marchés, il ne semblerait pas prudent pour la santé des con-

sommateurs de les conduire en cet état à l'abattoir, et il serait
important de savoir si le prix qu'on peut espérer en tirer,
couvrirait les frais d'un engraissement analogue à celui auquel on soumet les bœufs avant de les abattre. Car il ne faut
pas se faire illusion : jamais le consommateur ne mettra sur
la même ligne la chair de bœuf et celle du cheval. Nous
avons tous été à même malheureusement d'étudier les qualités
de la viande de cheval pendant le siége de Paris, et si les
filets bien apprêtés donnent un rôti succulent, si certaines
autres parties peuvent faire un bouillon passable, chacun a
pu s'apercevoir que les autres morceaux sont durs, coriaces,
maigres et ne fournissent qu'un aliment de saveur douteuse
dont on se lasse très rapidement.

Cela ne doit pas vous empêcher, mes enfants, de protéger les
chevaux, de les aimer, de les bien soigner, d'éviter de les
battre, et de les traiter comme de bons serviteurs, courageux,
soumis et dévoués.

LE GIBIER A POIL

Chevreuil. — Cerf. — Daim. — Isard. -
Ours. — Sanglier. — Lièvre. — Lapin
sauvage. — Écureuil.

Une grande partie avait été organisée pour aller passer le premier jeudi de mai en forêt. Les neveux de M. le curé avaient invité à y prendre part tous leurs petits camarades d'école, et le sacristain Laramée avait prêté son âne et sa personne pour porter plusieurs grands paniers de provisions, préparées depuis quelques jours par dame Jeannette avec le plus grand mystère. On parlait de galette au beurre, de tarte aux confitures, de jambon, de crème, de fraises et de cent autres choses excellentes. On avait emballé du linge, de la vaisselle, plusieurs flacons de vin vieux et même des ustensiles de cuisine, ce qui faisait rêver les moins gourmands.

Comme si le ciel eût voulu se mettre de la partie, le soleil se leva sans nuages et radieux. On se mit en route aussitôt après la messe : les enfants courant devant comme des chevreaux ; M. le curé suivant gravement avec le maître d'école. Dme Jeannette se tenait au milieu de la caravane, veillant

sur l'âne et assis'ée par maître Laramée, dont le grand nez
s'abaissait de temps en temps avec volupté vers les paniers
pour en flairer l'odeur.

La forêt n'était pas loin; on se trouva bientôt sous bois,
dans un de ces sentiers tapissés de mousse et ombragés de
feuillage naissant, au travers duquel filtre une lumière
dorée. Quelques enfants parlaient de s'écarter pour chercher
des nids, car c'est à cette époque de l'année que les oiseaux
commencent à pondre; mais sur un mot de M. le curé, ils
s'empressèrent d'abandonner cette pensée pour se mettre à
la recherche des fleurs de la saison, et en faire de gros bou-
quets destinés à l'autel de Notre-Dame.

C'était plaisir de voir toute cette joyeuse bande, courant,
chantant, gesticulant, et folâtrant à travers les arbres; effarou-
chant les écureuils, mettant en fuite les lièvres, et revenant
chargés de gerbes de fleurs sauvages que leurs petites mains
entassaient sous la mousse pour les reprendre le soir au
retour.

Ils arrivèrent ainsi à un petit carrefour, où, dans l'espace
resté vide par l'enlèvement de deux ou trois gros arbres, un
bûcheron avait construit sa cabane avec des pieux fichés en
terre, du gazon et des branchages. La maisonnette couverte
de paille avait une cheminée d'où s'échappait un petit filet de
fumée.

— Bon! s'écria Laramée, en reconnaissant cet indice, la
vieille Martine nous attend. Entrez donc voir si elle a les
œufs que je lui ai recommandés hier, dame Jeanne, et faites
l'omelette, tandis que je vais dresser la table, car le soleil
est déjà haut.

— Tu as donc bien faim, mon pauvre Laramée? riposta
Jeannette en riant.

— Dame! la promenade en forêt, ça creuse, et puis vos
paniers sentent si bon!

— Vilain gourmand, tu mériterais qu'on ne te laissât rien pour parler ainsi.

— Oh ! je n'ai pas peur, dame Jeannette ; je sais bien qu'il y en aura pour tout le monde, et je ne suis pas sacristain pour ignorer que ce ne sont pas toujours les maîtres qui sont les mieux servis.

Enchanté de sa plaisanterie, et sans attendre davantage, notre homme se mit à décharger le baudet et se prépara à dresser la nappe.

Cependant la vieille Martine était sortie au devant de ses hôtes. Elle s'excusa auprès de monsieur le curé de l'absence de son mari, qui avait été mandé par le baron d'Asnières depuis le grand matin, offrit à la compagnie d'entrer se reposer dans la chaumière, et se mit au service de Jeannette pour tout ce qui serait en son pouvoir.

Aidée de ses frères et du sacristain, la petite Marguerite eut en un instant étendu une belle nappe blanche sur la pelouse et placé dessus les assiettes, les verres, les couteaux et le reste. Attentif au côté sérieux de l'opération, Laramée déficelait avec amour les paniers et en tirait les viandes froides, les pâtés, les galettes, le vin et le dessert : enfin Jeannette apparut avec l'omelette fumante ; M. le curé bénit la table, et tous les invités y prirent place.

Comme chacun était doué d'un excellent appétit, aiguisé par l'air pur des bois, il se fit bientôt un silence au milieu duquel on n'entendait que le jeu régulier d'une vingtaine de mâchoires armées de dents pointues ; mais ce silence fut de courte durée, et les rires, les mots plaisants, les propos joyeux ne tardèrent pas à égayer la table que le bon abbé présidait en père, heureux lui-même de la joie qui régnait autour de lui.

On arrivait au dessert lorsque le son lointain du cor fit dresser toutes les oreilles. Le bruit harmonieux, d'abord à peine perceptible, allait en se rapprochant d'une façon assez rapide.

— Qu'est cela? demandèrent tous les enfants à la fois, en tournant leurs regards vers l'abbé Pyrmil.

— C'est une chasse, répondit celui-ci. Quelque seigneur du voisinage poursuit un cerf ou un chevreuil, avec un équipage de chiens et de chevaux; ils paraissent se diriger de notre côté. Je crois déjà entendre les aboiements des chiens.

La vieille bûcheronne, attirée par le son des fanfares était sur sa porte et prêtait l'oreille.

— Savez-vous qui chasse en ce canton, mère Martine? demande le maître d'école.

— Pardine, répondit la vieille, c'est M. le baron d'Asnières : il chasse souvent de ce côté, et mon mari est un des rabatteurs qu'il emploie pour assembler le gibier.

La bonne femme achevait à peine cette explication qu'on entendit comme un coup de vent dans les feuilles, mêlé d'un craquement de menues branches, et un magnifique cerf bondissant par-dessus la table mise, traversa la clairière comme un trait.

L'instant d'après, les chiens débouchèrent suivant la trace du cerf avec une rapidité vertigineuse; puis parurent les piqueurs toujours sonnant de la trompe, et enfin une dizaine de chasseurs arrivant au galop de leurs chevaux par toutes les routes de la forêt.

La chasse était déjà loin, que les enfants ébahis regardaien encore.

S'avançant alors au milieu d'eux, la vieille bûcheronne prit la parole :

— Si vous voulez voir la curée, mes petits amis, dit-elle; vous n'avez qu'à vous rendre à cinq cents pas d'ici, vers la Mare aux loups. C'est toujours là que les pauvres cerfs viennent se réfugier quand ils ne peuvent plus tenir les chiens, et qu'on les achève. C'est très émouvant.

Tous les yeux se portèrent vers M. le curé, sans la permission duquel personne n'eût osé s'éloigner. Le bon prêtre comprit, et se réservant de faire tourner ce spectacle au profit de son œuvre favorite :

— Allez, dit-il, je vous rejoindrai tout à l'heure.

Les enfants ne se le firent pas dire deux fois. Ils s'élancèrent en courant dans la direction que leur indiquait la vieille, tandis que Laramée et dame Jeannette ramassaient les débris du festin.

Ainsi que l'avait prévu la bûcheronne, le pauvre cerf aux abois, tirant la langue en baissant la tête, avait, suivant l'instinct de sa race, gagné l'étang fatal qui devait être le théâtre de son dernier combat. Dix chiens s'y jetant après lui, l'eurent bientôt convaincu de l'inutilité de cette défense. Il nagea un moment cherchant le courant le plus rapide, mais l'eau était presque stagnante et n'offrait aux chiens aucun obstacle. Par un dernier effort il atteignit le bord opposé et s'acculant à un arbre, il opposa à la meute le bois redoutable de ses andouillers. Le premier chien qui s'avança fut transpercé comme un fruit mûr, et alla tomber expirant dans les roseaux ; mais pour mettre fin à une mêlée terrible un des chasseurs épaula sa carabine et logea une balle dans le cœur du cerf.

Suivant l'usage, le piqueur s'approchant alors de la victime, lui coupa le pied droit qu'il offrit à l'un des invités, déshabilla le cerf de sa peau, détacha le massacre, et enleva les parties délicates de l'animal. Puis toutes les trompes se mirent à sonner, et au cri traditionnel *Hallali,* poussé par tous les chasseurs, les chiens furent lâchés, qui en un instant dévorèrent ce qui restait de la proie palpitante.

Arrivés assez tôt pour assister à la fin de cet émouvant spectacle, les écoliers en furent profondément touchés. D'eux mêmes ils se rassemblèrent autour du vieux prêtre, silencieux et attristés. M. Pyrmil les fit asseoir au bord de l'étang, et tandis que la chasse s'éloignait, il prit la parole en ces termes :

La chasse, mes enfants, n'est point en soi un plaisir illicite. D'après les récits de la Bible, ce mode d'approvisionnement paraît avoir précédé la domestication des espèces animales qui se sont ralliées à l'homme; le premier plat de viande servi sur la table des fils d'Adam, fut un plat de venaison. Le goût de la chasse s'est perpétué d'âge en âge, et l'église en mettant au nombre des bienheureux, saint Hubert, patron des chasseurs, entend nous montrer qu'elle ne défend pas cette distraction. Ce n'est donc pas l'action de chasser en elle-même qui doit nous sembler blâmable, mais la forme barbare de certaines chasses plus ou moins analogues à celle dont vous venez d'être témoins. « Il y a une immense différence entre l'action d'envoyer la mort au bout de son fusil à l'animal qui fuit au loin, et celle de provoquer les convulsions de la mort, chez une créature pleine de vie dont on sent palpiter le cœur, et dont on prolonge l'agonie volontairement. »

LE CERF.

Est le plus gros des fauves de notre pays. C'est le gibier royal par excellence, mais sa gloire le tue. La vie n'est pour

lui qu'une longue série d'amertumes. « C'est pourtant, dit
Buffon, un de ces animaux innocents, doux et tranquilles qui
semblent n'être faits que pour embellir, animer la solitude
des forêts, et occuper loin de nous les retraites paisibles de
ces jardins de la nature. Sa forme élégante et légère, sa taille
aussi svelte que bien prise, ses membres flexibles et nerveux,
sa grandeur, sa légèreté, sa force le distinguent assez des autres habitants des bois. Nos cerfs de France atteignent le
poids de 150 à 200 kilogrammes. La tête du mâle est décorée
d'une ramure d'énorme dimension ; la femelle ou biche, a la
taille moins élevé.

Ces animaux vivent de bruyères, des pointes des branchages des jeunes arbres, des blés verts ou mûrs, de vignes et
d'herbes communes ; leur voisinage est redouté par les cultivateurs, et il y aurait danger à les laisser multiplier outre
mesure. Ce n'est donc pas la destruction raisonnée d'une
partie d'entre eux qui est blâmable, c'est la cruauté qui
accompagne cette chasse. Autrefois on ne les tuait pas au
fusil : c'était un piqueur qui était chargé d'ouvrir leurs en-
trailles saignantes au milieu des morsures des chiens. Cet
usage barbare a déjà disparu et c'est par un coup de fusil
qu'on termine maintenant l'agonie de la pauvre bête : mais
c'en est encore trop de la laisser poursuivre, harceler et mordre par les chiens pendant des journées entières. Il serait
beaucoup moins cruel de la tuer à l'affût.

LE CHEVREUIL.

Il ne faudrait pas croire malgré ce que j'ai dit, que le plaisir de la chasse la moins cruelle ne puisse lui-même devenir une passion blâmable. Dieu avait ses raisons en créant les animaux de chaque espèce, et s'il nous est permis de les tuer pour nos besoins ou notre défense, il n'est point à notre discrétion d'en détruire la race complètement. Cependant, sans que les administrations s'en préoccupent, certaines espèces deviennent plus rares de jour en jour. Ainsi, nous sommes menacés, paraît-il, de voir disparaître le chevreuil de nos bois. « Ce coureur si leste, si doux, si gracieux, si agréable à voir dans les clairières des forêts et qui fournit un gibier si estimé, est déjà inconnu dans près de cinquante départements. Poursuivi par la culture qui déboise ses repaires, par les préfets qui l'ont mis au rang des animaux nuisibles, par les braconniers, avec ou sans patentes, qui abusent pour le surprendre de son amour des clairs de lune et de vertes frondes des bouleaux, il se retire peu à peu vers l'Est, et bientôt il finira, si l'on n'y prend garde, par disparaître complètement de nos contrées inhospitalières. »

Ne se trouvera-t-il personne pour prendre la défense de ce charmant habitant des taillis, dont les ronces, les genêts, les bruyères et les chatons du coudrier, forment le meilleur régal, et qui, bien rarement, se hasarde aux abords de nos cultures.

LE DAIM.

Ce qui menace pour le chevreuil est déjà arrivé pour le daim. Ce bel animal ne figure plus que pour mémoire sur la liste des bêtes de France. « Aujourd'hui, dit Toussenel, il s'en trouve encore quelques-uns dans la forêt de Compiègne, dans celle de Rambouillet, et dans quelques autres établissements particuliers; mais je doute que sur toute la superficie du territoire national on compte cinq cents daims (1). La révolution française qui a mis un fusil dans la main de chaque braconnier, a été désastreuse pour le gibier de noble race. »

Ces timides animaux, plus petits que le cerf, mais plus gros et moins gracieux que le chevreuil, ne peuvent cependant être regardés comme nuisibles : car ils sortent rarement du bois où les bourgeons des taillis et l'herbe des clairières suffisent à leur entretien.

(1) Toussenel ; *Esprit des Bêtes.*

L'ISARD ET LE CHAMOIS.

L'isard et le chamois sont des variétés de chèvres sauvages, qui habitent l'un les Pyrénées et l'autre les Alpes. La légèreté et la sauvagerie de ces animaux empêche les chasseurs de se porter à des excès à leur égard. Ils paissent en troupes plus ou moins nombreuses les prairies solitaires dont l'homme est éloigné par les glaciers. Au moindre bruit on les voit bondir, de rocher en rocher, au milieu des précipices, et parcourir en se jouant des lieux inaccessibles aux Montagnards les plus intrépides. On ne peut les tuer que par surprise, et c'est toujours au fusil qu'on les chasse.

L'OURS.

L'ours est non seulement sauvage, mais solitaire, dit Buffon; il fuit par instinct toute société; il s'éloigne des lieux où les hommes ont accès; il ne se trouve à son aise que dans les endroits qui appartiennent encore à la vieille nature : une caverne antique dans des rochers inaccessibles, une grotte formée par le temps dans le tronc d'un vieux arbre, au milieu d'une épaisse forêt, lui servent de domicile. Il s'y retire seul et y passe une partie de sa vie sans sortir. Cet animal n'est donc pas pour l'homme un voisin gênant, et si on lui fait la chasse, c'est bien plutôt par cupidité pour avoir sa peau que pour venger quelque déprédation commise par lui. L'espèce de dressage, que lui font subir les charlatans pour lui apprendre, à coups de bâton, quelques tours qui font rire les badauds, est une cruauté sur laquelle la *Société protectrice* a depuis longtemps appelée l'attention de l'autorité. Du reste l'ours qui n'est point bête se venge quelquefois cruellement de ses geôliers et des chasseurs. Voici à ce sujet une histoire récente, découpée dans un journal, et qui vous fera rire un instant :

M. de B... chassait la semaine dernière dans ses propriétés, situées dans les environs de Cracovie.

En traversant une forêt, à un endroit accidenté de rochers, son chien partit comme un trait, et presque aussitôt il aperçut à vingt-cinq pas un ours énorme. Malgré le danger qu'il courait, il ne perdit point son sang-froid, il épaula son fusil. Fatalité! il se rappela que son arme était déchargée.

Un arbre plusieurs fois séculaire se trouvait près de là. Il s'élance dessus. L'ours s'approche, se dresse sur ses pattes et grimpe. La situation du chasseur était critique : c'en était fait de lui. Il promène çà et là des regards anxieux ; soudain son front s'illumine, le tronc de l'arbre est creux. Il s'y laisse glisser et disparaît.

Ne le voyant plus, l'ours croit qu'il est descendu du côté opposé et descend à son tour. Il explore les environs, puis il revient à l'arbre, flaire au pied, découvre un trou, y fourre son museau, ensuite il y plonge sa patte. En sentant quelque chose remuer sur ses bottes, le comte de B... se cramponne aux aspérités de l'aubier et retire vivement ses jambes.

Une heure se passa sans que l'ours donne le moindre signe de sa présence.

La nuit était venue. Un léger bruit fit lever la tête au chasseur : le plantigrade dardait sur lui des yeux ardents, mais en vain il cherchait à s'introduire par l'orifice, trop étroit pour lui livrer passage. Une partie de la nuit se passa ainsi. Vers trois heures du matin, l'animal descendit.

S'était-il éloigné? Le chasseur n'osa pas s'en assurer, et bien lui en prit.

Cependant, le retour au château, du chien sans son maître, avait jeté la famille dans la plus vive inquiétude. On fit appel à tous les chasseurs des environs, qui organisèrent une battue. On se mit en campagne avant le jour. La terre était couverte de neige. Une masse noire fut signalée au pied d'un arbre : c'était un ours qui dormait. Tous firent feu, et l'animal roula en poussant un sourd rugissement.

Qu'on juge de la surprise et de la joie des chasseurs en voyant alors la tête du comte émerger du creux de l'arbre!

Il jura, mais un peu tard, qu'on ne l'y reprendrait plus.

LE SANGLIER.

Le sanglier n'est autre qu'un porc sauvage. De cette race, certaines familles se sont ralliées à l'homme, d'autres ont préféré l'indépendance et la pauvreté des forêts aux délices de la servitude.

Ce n'est pas sans raison que le sanglier est rangé parmi les animaux, dont il faut empêcher la trop grande multiplication; quoiqu'il habite toujours les forêts et les lieux solitaires, et qu'il fasse sa principale nourriture de glands et de racines sauvages il pénètre parfois dans les blés qu'il détruit, et ne dédaigne ni les œufs d'oiseaux, ni la chair des petits animaux.

Sa chasse est un véritable danger pour ceux qui l'entreprennent. Il se fait poursuivre quelquefois pendant une journée entière, et quand il se décide à tenir tête aux chiens, il s'accule au pied d'un arbre, fait claquer ses dents et fond sur la meute, dont il éventre les meilleurs limiers. Souvent même le chasseur imprudent est victime de sa témérité et ne se retire qu'avec de graves blessures. C'est une raison de plus pour appeler la suppression de ces forfanteries barbares qui consistent à attaquer l'animal au couteau, et à prolonger cruellement son agonie. Tuez les sangliers à l'affût quand ils nuisent à vos cultures, mais ne mettez point une sotte vanité à lutter d'adresse avec eux et à en dépeupler toute une province.

LE LIÈVRE.

Les oiseaux de proie, les renards, les loups et les hommes font également la chasse au lièvre; ce pauvre animal auquel la nature n'accorde que sept ou huit ans de vie, ne peut jamais parvenir au petit nombre de jours qui lui sont destinés, et son espèce aurait depuis longtemps disparu de la terre, si une fécondité prodigieuse ne venait contrebalancer les coups de la mort.

Vita leporis, la vie d'un lièvre, était pour les anciens l'expression de la suprême misère. Le malheureux n'est pas plutôt né qu'il lui faut se mettre en garde contre des ennemis aussi

puissants que nombreux. Il passe sa vie solitaire, à songer,
derrière une touffe d'herbe ou un buisson, jusqu'à ce que la
voix d'un chien, la détonation d'un fusil, le cri d'un oiseau
de proie, le bruit d'une feuille qui tombe, viennent le faire
tressaillir. Une bande de grands oisifs, niaisement armés
d'un port-d'armes, le poursuivent sans miséricorde d'un soleil
à l'autre, et la nuit lorsque bien innocemment il vient chercher sa pâture dans la clairière voisine, un braconnier lâche-
ment embusqué derrière un buisson, l'étrangle dans ses
collets.

Un peu de miséricorde, messieurs les chasseurs, ne mettez
pas comme les badauds votre gloire à dire : j'ai tué aujour-
d'hui tant de lièvres et tant hier, contentez-vous de ce qui est
nécessaire à votre table. On ne mange pas le lièvre comme le
pain; le palais se lasse vite de cette viande de haut goût, et
celui qui gaspille n'est pas digne de posséder.

LE LAPIN.

J'ai déjà parlé du lapin domestique : le lapin de garenne
lui est supérieur comme aliment, et comme lui, il est doué
d'une fécondité qui pourrait devenir désastreuse si elle n'était
reprimée par la chasse. C'est pourquoi il est permis de tuer
le lapin en tout temps, tandis que pour la plupart des autres
gibiers, la chasse n'est permise que pendant une partie de
l'année. Je ne veux pas être plus sévère que la loi; mais je
voudrais comme elle, voir réprouver par tous, et punir sévèrement les braconniers qui, pour ne pas donner l'éveil aux
gendarmes, prennent les lapins au collet et les laissent se
débattre parfois des heures entières avant de terminer leur
agonie.

L'ÉCUREUIL.

Vous avez tous vu ce gentil petit animal, sauter de branche en branche, avec sa longue queue touffue qui se balance au vent. L'écureuil vaut à peine comme gibier le coup de fusil qui termine sa vie, et l'innocence de ses mœurs mériterait qu'on l'épargnât, car il est complètement inoffensif, et sa nourriture ne se compose que de faine, de noisettes et de glands. J'espère, mes enfants, qu'aucun de vous n'aura jamais le cœur assez cruel pour ôter la vie à l'un de ses pauvres petits qui semblent si heureux de vivre, et qui se retirent dans les bois pour ne jamais nous troubler.

QUATRIÈME ENTRETIEN

LES ANIMAUX RÉPUTÉS NUISIBLES

Loup. — Renard. — Putois. — Fouine. —
Belette. — Rats. — Loirs. — Blaireau.
— Taupe. — Musaraigne. —
Hérisson. — Chauve-
Souris.

Il pleuvait ce jour-là, et les neveux de M. le curé n'ayant pu sortir pour leur promenade habituelle, s'amusaient à feuilleter des livres d'images dans le grand salon du presbytère, en se communiquant tout haut leurs réflexions, avec la gaîté insouciante qui fait le charme de cet âge.

Tout à coup on entendit frapper rudement à la porte. Dame Jeannette alla ouvrir, et les enfants virent avec étonnement deux garçons de forte taille, dont l'un portait au cou un loup mort, attaché en bandouillère, et dans un panier une nichée de petits louveteaux vivants, tandis que l'autre traînant après lui un âne chargé de mannequins, tendait sa casquette pour obtenir du public de la laine ou de l'argent.

— Qu'est-ce que veulent ces vilaines gens? s'écria Marguerite, toute effrayée, en se réfugiant vers son oncle.

— Mon enfant, répondit M. le curé, en congédiant les quéteurs avec une petite pièce de monnaie, ce sont des villageois qui viennent de gagner la prime proposée par le gouvernement aux destructeurs d'animaux nuisibles, et qui cherchent à augmenter leurs bénéfices en montrant sur leur route l'ennemi dont ils ont délivré le pays.

Je vous ai dit un jour, mes enfants, que Dieu n'avait rien fait d'inutile, et que chaque créature avait son rôle spécial à remplir dans le grand atelier de la création : cependant on ne peut nier que parmi les animaux quadrupèdes, oiseaux et insectes surtout, comme nous l'établirons dans un autre entretien, il n'existe un certain nombre d'espèces dont les appétits et les habitudes sont tout à fait en opposition avec les intérêts de l'homme qui s'adonne à la culture des champs. Tels sont le loup, le renard, le putois, la belette, et bien d'autres que Dieu a destinés sans doute, en les douant d'un appétit violent pour la chair fraîche, à empêcher, dans les bois, la trop grande multiplication des autres espèces; mais qui, pour satisfaire leurs instincts, viennent souvent prendre un veau ou un mouton dans le pré, et pénètrent jusque dans les fermes pour y manger les volailles et les œufs. Puisque l'occasion s'en présente, je vais aujourd'hui vous dire un mot des espèces de nos pays, qui, à tort ou a raison, sont réputées nuisibles.

LE LOUP.

Vous venez de voir une famille de loup : c'est un animal de la taille d'un chien, avec un museau allongé, des oreilles courtes, une grosse queue touffue, et un poil gris jaunâtre, bourru et bien fourni. Franchement ennemi du chien et de l'homme, il abhorre la civilisation, et se tient au fond des bois, tant que la faim ne le force pas à s'approcher des habitations.

Les ressources d'une chasse active de lapereaux, de lièvres et de gros oiseaux et la recherche de toutes les charognes qu'il dispute aux corbeaux, suffisent en temps ordinaire à sa subsistance : mais lorsque la neige couvre la terre, ou lorsque la femelle a ses petits, les vivres manquent, et comme dit le proverbe : la faim pousse le loup hors des bois.

Les louves prêtes à mettre bas, cherchent dans les halliers un endroit bien fourré, au milieu duquel elles applanissent un espace assez considérable, en coupant et arrachant les racines avec les dents. Elles apportent ensuite une grande quantité de mousse et préparent un lit commode pour leurs petits.

La portée est de trois à six. La mère les allaite pendant quelques semaines, puis vient le moment difficile où il faut pourvoir à la nourriture de toutes ces gueules dévorantes. Les efforts combinés du père et de la mère suffisent à peine à cette lourde tâche. On commence par des mulots, des levrauts, des perdrix, des volailles : on en vient bientôt aux bestiaux qui sont sous la garde de l'homme : les agneaux, les petits chiens, les chevreaux. Les loups chassent jour et nuit, pressés par le besoin, ils s'approchent de l'habitation de l'homme. Sachant par une longue expérience à quels périls ils sont en butte, ils observent, ils étudient, ils regardent, ils combinent leurs plans avec une rare sagacité. S'il s'agit d'attaquer un troupeau pendant la nuit, la louve va se présenter la première au chien, qu'elle éloigne en se faisant poursuivre, pendant que le mâle envahit le parc et emporte un mouton, ou creuse un trou sous la porte et pénètre en rampant dans la bergerie.

En certaines occasions le loup attaque même le berger, mais
ils ne cherche à terrasser l'homme que lorsque celui-ci est
tombé. Dans les brandes de Luchat, qui sont voisines d'ici,
lorsque les paysans s'aventurent seuls la nuit dans les sentiers,
il arrive souvent qu'un ou deux loups se mettent à leur suite
et les accompagnent des lieues entières. On voit briller leurs
yeux au milieu de la nuit. Gare alors si le pauvre piéton vient
à faire un faux pas. Voici à ce sujet un récit que j'ai lu récemment dans un journal, et qui est bien dans les mœurs du
loup :

« Une battue avait été ordonnée par un lieutenant de lou-
veterie. Pour s'y rendre, un chasseur diligent des environs,
parti de bon matin, était arrivé au bois avant les autres.
Quelle ne fut pas sa surprise de voir venir à lui, dans un
sentier, un vieux garde, chargé de faire le bois, titubant,
trébuchant, ayant toutes les apparences d'un homme fortement
engagé dans les vignes du Seigneur! »

Notre chasseur, étonné de cette ivresse insolite et matinale,
s'arrêta court et se préparait à interpeller le garde intempé-
rant, lorsque celui-ci, mettant deux doigts sur sa bouche, lui
imposa silence d'un geste significatif; puis continua son chemin, trébuchant et buttant de plus belle. Arrivé à la hauteur
du chasseur stupéfait : « Chut! fit-il tout bas et sans s'arrêter,
je suis suivi par une vieille louve; cachez-vous de ce côté, à
bon vent, ne bougez pas, elle va passer! »

Le chasseur, comprenant la ruse, s'accroupit derrière un
buisson, mit en joue et attendit. A peine le garde avait-il fait
quarante pas que l'animal parut à sa suite, les yeux fixés sur
l'homme dont il guignait la chute pour en faire sa proie. Un
coup de fusil bien appliqué foudroya la bête.

Puisse la connaissance de ce fait authentique servir de
leçon aux ivrognes qui pourraient s'engager d'un pas mal
assuré dans les bois!

Dans les temps de neige, les loups se rassemblent par troupes pour chasser d'un commun accord. Ils sont alors très dangereux, et s'attaquent non seulement aux plus grosses bêtes des troupeaux, mais aux voyageurs et dévorent parfois la monture avec le cavalier.

« Le terme *appétit du loup*, pour désigner une faim que rien n' peut rassasier est parfaitement exact. Cet animal ne passe jamais auprès d'une proie sans y mordre, et en dépit du proverbe : les loups ne se mangent pas entre eux; s'il rencontre le cadavre de l'un des siens, il s'empresse de lui faire un tombeau de son estomac. On a vu deux loups retirer d'une mare le cadavre d'une jument, et en dévorer dans un seul repas plus de la moitié. Après les plus grandes batailles, dans un temps où les armées ne se faisaient pas encore un devoir d'enterrer les morts, quelques jours suffisaient aux bandes de loups pour nettoyer le champ du combat. Avec un pareil appétit, on comprend quel tort immense les loups feraient aux troupeaux, s'ils étaient nombreux.

En Angleterre on en a détruit complètement la race; il n'en reste pas un seul dans les trois royaumes. Est-ce un bien? je n'oserais le dire! Il vaut mieux suivant moi respecter l'espèce, car Dieu ne l'a pas créée en vain, mais en limiter la reproduction, comme fait l'autorité française par les primes qu'elle donne aux chasseurs de loups. Je voudrais cependant voir disparaître les piéges cruels, comme traquenards, hameçons et poison. La chasse au fusil, le piége à bascule, la double enceinte me semblent plus dignes. Je dirai ailleurs ce que je pense de ceux qui promènent les loups captifs dans les foires.

————

LE RENARD.

Le ren rd est fameux par ses ruses et mérite en partie sa réputation. Les fabulistes de tout temps en ont fait le sosie de l'homme cauteleux, voleur et poltron. D'une taille à peu près égale à celle du chien, mais plus finement membré, avec un museau effilé, des oreilles droites, une robe bien fourrée, et une queue qui balaie la terre ; il a la démarche lente et réfléchie, une souplesse extrême, le regard plein d'esprit.

Tous les efforts, tentés pour le réduire en domesticité, ont été impuissants contre les suggestions d'un naturel dissimulé et perfide. Il ne vit pas cependant dans les lieux retirés comme le loup, il se loge au bord des bois à la portée des hameaux ; il écoute le chant des coqs et le cri des volailles ; il les savoure de loin ; il prend habilement son temps, cache son dessein et sa marche, se glisse, se traîne, arrive et fait rarement des tentatives inutiles. La présence d'un renard dans le voisinage d'une ferme, ne se fait que trop promptement et chèrement sentir.

Il est d'observation que la venue de la famille développe encore chez les renards leurs instincts de pillage et de vol. La femelle se recèle dans un terrier spacieux, bien isolé, propre à mettre ses petits à l'abri de tout danger. Elle y met bas quatre ou cinq renardeaux qu'elle allaite d'abord et que le père se charge ensuite de nourrir. Si en vous promenant à l'orée des bois, vous voyez la terre jonchée de carcasses de poulets, d'oisons et de levrauts, vous pouvez être certains qu'il y a une nichée de ces animaux dans le voisinage. « C'est donc au mois de mai, quand il y a au terrier cinq bouches de plus à nourrir, que la basse-cour, le parc, la garenne, ont à subir de la part de ces maraudeurs à longue queue, les plus terribles assauts. » Entre tous les gibiers, ce que le renard préfère, c'est le poulet, l'oie, le canard, le pigeon, le dindon, la perdrix, la caille, le lapin, le lièvre, les oisillons. Il boit les œufs avec un talent et un plaisir infinis ; il se régale de raisins, et ne dédaigne pas les autres fruits : la noix, le fromage, le miel. En temps de disette, il se rabat sur les mulots, les taupes, les glands : il mange même des racines, faute de mieux.

Ce régime on le voit est à peu près entièrement emprunté aux produits que l'homme apprécie et consomme. Le renard est donc un rival, et un rival qui ne rachète ses méfaits par aucun service. Force nous est de l'abandonner comme le loup au fusil des chasseurs, en leur recommandant de ne le détruire que pour en maintenir l'espèce dans un juste équilibre, et de ne point employer à cette chasse les pièges ou les instruments qui révèlent une cruauté réfléchie.

LE PUTOIS. — LA FOUINE ET LA BELETTE.

Ces trois larrons, buveurs de sang, qui dorment le jour pour mieux chasser la nuit, sont fort redoutés dans les fermes, malgré l'exiguité de leur taille, et produisent des dégâts

considérables dans les poulaillers où ils pénètrent. Ils ont tous
le corps allongé et les pattes courtes, ce qui les oblige à bondir plutôt qu'à marcher. La fouine qui tient le premier rang
est un peu moins grosse que le chat de gouttière. Son pelage
est brun, avec une cravate blanche autour du cou; sa queue
est très longue et fourrée. Le putois est un peu plus petit, il
a le pelage brun foncé, presque noir, des taches blanches à la
tête, et la queue moins fournie que la fouine. Enfin la belette,
grosse comme le pouce et longue comme la main, a le pelage
roux en été, et presque blanc pendant l'hiver.

Ces trois petits carnassiers puants, quoique de mœurs très
sauvages, font généralement leur nichée dans le voisinage
des lieux habités. Ils choisissent quelque masure ou le creux
d'un arbre, y installent confortablement un nid bien garni
d'herbe sèche, et la mère y dépose de trois à six petits qu'elle
allaite d'abord, et qu'elle nourrit ensuite d'œufs, d'oisillons,
de souris, de taupes, de couleuvres et trop souvent, hélas! de
perdrix, de lapereaux, de pigeons, de poules et de canards.
Une circonstance qui empêche toute commisération pour les
larcins de cette petite tribu, c'est que le chasseur ne se contente pas de tuer pour sa consommation et celle des siens, il
gaspille l'innocent gibier des basse-cours. Lorsqu'en rampant
il est parvenu à s'introduire dans le poulailler, il attaque sans
bruit une première victime, lui saisit la tête qu'il brise d'un
coup de dent, suce le sang, mange la cervelle et passe à une
autre. Sa faim apaisée on pourrait croire qu'il va se retirer;
il n'en est rien; il faut auparavant qu'il étrangle tous les
habitants de la paisible retraite; et il accomplit cette tâche
cruelle jusqu'à ce que le jour où les aboiements du chien
l'obligent à fuir.

Point de circonstances atténuantes. Nous abandonnons
cette tribu à la vindicte des ménagères, et à la dent de leurs
roquets.

LES RATS DES MAISONS.

Le rat, comme le barbare, dit Toussenel, est un fléau que Dieu envoie aux nations civilisées pour les avertir et les punir de leurs égarements. Il est certain que rien n'égale la voracité de ces petits êtres. Aussi ne cessent-ils jamais de mâcher. Quand les aliments manquent, ils s'en prennent au bois, à la paille, aux vêtements. Un jour de jeûne est pour eux un arrêt de mort : et si vous en mettez une douzaine dans un vase clos, vous serez tout surpris le lendemain de n'en plus trouver qu'un seul : ils se seront dévorés entre eux.

Les espèces qui fréquentent nos maisons, les rats de ville, sont au nombre de trois, le *rat brun*, le *surmulot* et la *souris*.

Le premier paraît n'avoir été connu, en France, que depuis les invasions des Normands, qui l'apportèrent dans leurs vaisseaux. Il est d'un brun foncé, sa taille ne dépasse guère dix centimètres. La femelle fait son nid dans les greniers et les meules de foin, à l'abri du froid. Elle a plusieurs portées de sept à huit petits par an, et se nourrit avec eux de tout ce qui se rencontre à sa portée : viande, graisse, lard, pain, fruits, légumes, grains surtout. Quand ces rats s'emparent d'un grenier, ils y font un dégât qu'il est difficile de calculer d'abord, mais qu'on reconnaît à la présence des crottes et du son qu'ils crochent dédaigneusement.

Le surmulot a été, dit-on, apporté de l'Inde, il n'y a pas plus de deux cents ans. Il a au moins le double de la taille

des rats bruns, son pelage est roussâtre, et sa queue fort longue. Il fait, aussi lui, des nichées sans nombre, dont chacune
produit des douzaines de ratons. Ce qu'on raconte de sa
férocité est effrayant. « On l'accuse d'avoir mangé un arche-
vêque à son lit de mort, et toute une famille royale avec
femme et enfants. Cette espèce loin de craindre les chats les
dévore. » Le surmulot attaque, dit Toussenel, l'enfant en-
dormi. Il est friand du cadavre de l'homme, et commence par
lui manger les yeux. Les abattoirs et les égoûts de Paris nourrissent un nombre inimaginable de ces animaux. On en a tué
des vingt mille, des trente mille, pendant plusieurs jours de
suite à la voirie de Montfaucon, sans que le nombre en parut
sensiblement diminué. « Dans la plupart des grandes villes,
ils ont détruit le rat brun, et se multiplient à leur tour au
point de donner de sérieuses appréhensions. » C'est avec une
race particulière de chiens, les terriers, qu'il faut les traquer
et les détruire, car les chats s'enfuient épouvantés à leur
aspect. Je crois que le grand-duc servirait également d'une
manière utile à cette chasse.

La souris passe pour originaire d'Europe. C'était autrefois
le seul, c'est encore le plus petit des rats de nos maisons. Sa
couleur est ordinairement grisâtre. On en trouve une variété
entièrement blanche. C'est un animal qui ne manque pas de
gentillesse. « Timide par nature, familière par nécessité, la
souris ne sort de son trou que pour chercher à vivre, s'en
écarte peu et y rentre à la moindre alerte. » L'exiguité de sa
taille lui permet de se glisser partout, et elle en profite pour
ronger tout ce qui lui tombe sous la dent : linge, livres, vêtements, lard, fromage, farine, noix, confitures, tout lui est
bon. Elle est aussi féconde que gourmande. On avait déjà
remarqué du temps d'Aristo e qu'une souris pleine ayant été
enfermée dans une jarre de blé, il s'y trouva peu de temps
après cent vingt souris toutes issues de la même mère. C'est

sans doute pour s'opposer aux ravages de ce petit rongeur que les premiers chats ont été tirés des forêts et réduits en domesticité. Ils ont pour auxiliaires dans cette mission, les hiboux, les chouettes, les buses, les corneilles, etc.

LES RATS DES CHAMPS.

Les rats qui préfèrent la campagne à la ville, sont aussi au nombre de trois, le *mulot*, le *campagnol* et le *hamster*.

Le premier est un peu plus gros que la souris. Son pelage est brun roussâtre en-dessus et blanc en-dessous, avec une queue fort longue. Son habitation est ordinairement choisie dans les lieux élevés et secs, d'où la famille descend dans les champs pour butiner. C'est un terrier habilement fait et partagé en plusieurs loges, l'une où la mère reste avec ses petits, l'autre où s'entassent des provisions pour le temps de disette, tels que grains, noisettes, châtaignes, glands, en quantité souvent si considérable qu'un boisseau ne pourrait le contenir. En outre, le mulot déterre les semailles, ronge les jeunes pousses, arrache les plants de légumes, et commet une foule d'autres méfaits qui le font honnir des laboureurs. Sa fécondité est extrême, et chaque femelle fait par an plusieurs portées de dix petits. C'est sans doute ce qui explique l'abondance de leurs greniers. Les champs cultivés seraient infestés de ces animaux si les hiboux, chouettes, corbeaux, corneilles, voir même les loups et les renards ne regardaient leurs trous comme un garde-manger toujours fourni.

Le campagnol plus petit que la souris est fauve en-dessus

et blanc en-dessous comme le mulot; mais il a la queue et
les oreilles très courtes, ce qui est caractéristique. Loin
d'avoir les habitudes sédentaires du mulot, ce rat habite les
bois, les champs ou les meules de fourrages, selon qu'il y
trouve son profit. C'est un hôte très redoutable, car il boule-
verse les semis, ravage les moissons sur pied, en coupant les
tiges de blé pour en ronger l'épi, et il pullule avec une si
grande abondance que Buffon, le célèbre naturaliste, en fit
prendre plus de deux mille, en trois semaines, dans une pièce
de quarante arpents. Les bandes errantes de ces petits animaux suffiraient en quelques jours pour ruiner complétement
une contrée, si la guerre que leur font les oiseaux de proie de
nuit et de jour, n'en réduisait considérablement le nombre.
Mais nous savons qu'une seule buse en mange jusqu'à dix dans
sa journée, et que les hiboux, chouettes, corbeaux, corneilles,
pies, etc., n'en font pas de moindres curées.

Le hamster qui est de la grosseur du rat brun, avec un
pelage roux en dessus et noir en dessous et la queue courte,
n'habite en France que les provinces du nord-est. Il vit
comme ses congénères, de grains, de racines et de fruits qu'il
met en magasin pour l'hiver. Nos provinces n'ont heureuse-
ment pas à lui payer tribut.

LOIRS, LEROTS ET MUSCARDINS.

Ces trois gentilles petites bêtes qu'on aimerait à protéger si
leurs brigandages étaient rachetés par quelques services, ne
sont que des variétés d'une même espèce. — Le premier est de
la taille d'un rat brun, avec la mine éveillée et la queue
fourrée de l'écureuil. Son pelage est d'un brun cendré sur le
dos et blanchâtre sous le ventre. — Le second est un peu
moins grand, il a le même pelage et y joignant une bande

noire, qui va des yeux à l'épaule et lui dessine comme une moustache de vieux troupier. Sa queue n'est touffue qu'à l'extrémité. — Le troisième a la taille d'une souris avec le pelage roux en dessus et blanchâtre en dessous. Sa queue est fourrée comme celle du loir. On ne peut rien voir de plus agile dans sa petitesse.

Ces animaux vivent en famille, et font leurs petits au nombre de quatre à six dans les creux d'arbres ou les trous de murs bien abrités. Ils se fixent généralement dans les parcs, au voisinage des maisons, grimpent sur les arbres, sautent de branche en branche, dorment une grande partie du jour et choisissent généralement la nuit pour leurs excursions. Ils vont dans les bois chercher des noisettes, des faines, des cerises, et malheureusement aussi dans les jardins, où ils ont un talent remarquable pour connaître les poires, les pêches, les prunes mûres, les cueillir et les emporter dans leurs greniers où ils les entassent. Pendant l'hiver ils dorment comme l'ours et la marmotte. Les Grecs et les Romains apprivoisaient les loirs, dont ils estimaient fort la chair grasse. Aujourd'hui les jardiniers les chassent et les redoutent. On ne peut guère les en blâmer.

LE BLAIREAU.

Ici se termine à peu près la nomenclature des mammifères, autres que le gibier à poil, dont le cultivateur a véritablement à se plaindre; le reste de cet entretien sera consacré à l'histoire des espèces dont le procès demande révision, et dont les torts ont été ou exagérés ou même complètement supposés par des écrivains trop légers.

Je commence par le blaireau. Ce n'est d'abord pas un voisin importun. On sait qu'il existe, mais on le voit à peine;

il a le corps d'un très gros chat, les jambes courtes, la tête
petite, terminée par un grouin, et le pelage presque blanc en
dessus et noir en dessous. Cet animal est d'un naturel sauvage
et paresseux. Sa femelle niche dans les lieux solitaires, sous
quelques rochers. Les blaireaux chassent la nuit. Les rats, les
lézards, les serpents, les crapauds, les sauterelles, le maïs, le
raisin, les fruits, les racines forment leur principale nourriture. Quand il s'y mêlerait parfois un lapereau, le mal ne
serait pas bien grand.

LA TAUPE.

La taupe a beaucoup d'ennemis, et sa conduite est assez
obscure pour laisser des doutes. C'est un petit carnivore très
sanguinaire, que tout le monde connaît et dont les deux pattes
de devant, en forme de mains armées d'ongles robustes, lui
permettent de mener la vie souterraine d'un pionnier. Je sais
bien qu'elle ne mange pas les grains comme on l'en accuse,
qu'elle ne dévore pas les racines, puisque c'est un carnassier
insectivore; je sais encore que sa mâchoire a quarante dents
redoutables, que son estomac est une fournaise toujours ardente où les aliments les plus indigestes se tordent instanta-
nément, se fondent et disparaissent, que ses accès de rage
d'estomac la prennent trois ou quatre fois par jour, qu'elle
meurt d'inanition pour dix heures d'abstinence, qu'elle
dévore en vingt-quatre heures trois fois la grosseur de son
corps en victuailles, et que peu difficile sur le choix des mets,
elle mange avec une égale avidité, les vers rouges et les vers
blancs, les coléoptères de toute sorte, les larves d'insectes et
les rats des champs dont elle fait bombance. — Mais elle
laboure les gazons et les semis d'une façon beaucoup trop
active : gouvernée par l'appétit qui la talonne, tout le jour,

d'un sol il à l'autre, elle creuse à six pouces du sol des galeries qui se croisent, se bifurquent, s'enchevêtrent et quelquefois se poursuivent plus d'un kilomètre en longueur. On comprend que dans ce travail toutes les racines qui se rencontrent, bonnes ou mauvaises, utiles à l'homme ou nuisibles à ses desseins, sont impitoyablement coupées, et comme il est aussi impossible à la taupe de travailler long-temps sous terre sans respirer, qu'à l'homme de creuser un long tunel, si l'air n'y pénètre pas, elle est obligée d'établir, de distance en distance, ces taupières qui sont pour elles des cheminées à air, mais qui contrarient au plus haut point les fermiers.

De plus les mœurs de ce petit animal n'ont en elles-mêmes rien d'intéressant. Une taupe qui a faim n'hésite pas à manger sa compagne. Les mâles se font entre eux une guerre achar-née, et s'entretuent avec des raffinements de cruauté. « Le vainqueur s'élance sur sa proie d'un bond prodigieux, la saisit sous le ventre, lui plonge son long museau dans les en-trailles, et élargit la plaie avec ses mains pour se baigner tout entier dans le sang de sa victime. Chacun de ses meurtres est pour la taupe l'occasion d'une extase voluptueuse. On raconte qu'une taupe affamée sauta un jour à la gorge d'une jeune fille, et lui perça le sein avant qu'on eût le temps d'ac-courir à son aide. (Toussenel, *Esprit des Bêtes*).

On voit par là que cet animal ne mérite par lui-même aucun intérêt, et que toute la question se résume à savoir si les dégâts qu'il cause peuvent être compensés par les services qu'il rend : c'est ce qu'il faut demander à l'expérience. Dans les prairies, il est toujours facile avec un râteau d'applanir les taupinières, et le gazon voisin gagne à ce travail; dans les cultures, au contraire, la taupe peut souvent causer de grands dégâts, et il est parfois indispensable de lui faire la chasse.

LA MUSARAIGNE.

La musaraigne, ou *musette*, dont la taille n'atteint pas celle
de la souris, est un petit insectivore inoffensif qu'on a tort
de redouter et de détruire. Dans les campagnes, on le reconnaît à la longueur exagérée des pattes postérieures et au
museau effilé qui le distingue du campagnol. C'est un ardent
chasseur de vermine, de larves, de blattes de cloportes. La
musaraigne ne touche jamais aux légumes ni aux fruits; elle
ne creuse pas de galeries, et le crime qu'on lui impute de faire
aux bestiaux des blessures mortelles, est de pure imagi-
nation.

LE HÉRISSON.

Encore une bonne bête dont on ne peut expliquer la défa-
veur. Ce petit mammifère, dont le pelage gris est entremêlé
de piquants très acérés et qui n'a d'autre défense quand on
l'attaque, que se rouler en boule, afin de présenter à son ennemi une pelotte d'aiguilles inattaquable, est très connu, mais
peu commun dans nos campagnes, à cause de l'aversion in-
sensée que les paysans ont pour lui. On l'accuse de téter les
vaches et de monter aux arbres pour y cueillir les fruits :
deux choses que la conformation de son grouin et de ses
pattes ne sauraient lui permettre d'accomplir. Une observation plus rigoureuse a démontré, au contraire, que la présence
des hérissons dans un jardin était un bienfait. Ils y chassent

à outrance les courtillères, les hannetons, les insectes de tout
genre, les frelons, les cantharides; dans leurs courses nocturnes, ils surprennent les serpents au gîte, et leur broient la
tête de leurs dents pointues, sans se soucier même du venin
de la vipère; ils chassent les mulots, ils éloignent les ver-
mines de toutes sortes. Le beau mal quand de temps en temps
ils goûteraient à un fruit tombé sous l'arbre?

Ce petit animal niche dans les trous de murailles ou de
rochers, et quand l'hiver vient, se blottit au fond de sa
retraite, dans une couche d'herbe sèche et s'y endort jusqu'au
printemps.

LA CHAUVE-SOURIS.

On ne peut nier que la chauve-souris soit laide et repoussante. Ce corps assez semblable à celui d'un rat, ces deux
longues membranes velues qui lui servent d'ailes, cette tête
difforme ornée de longues oreilles, et d'une gueule béante
aux crocs pointus, n'ont assurément rien de gracieux; mais
c'est là l'unique crime de la pauvre bête. Tout ce qu'on a en-
tassé de méfaits sur son compte n'est qu'une pure invention;
et les services qu'elle nous rend, sont assez nombreux pour
faire oublier sa laideur. Rangeons-la plutôt parmi les ouvriers
laborieux qui gagnent vaillamment leur vie à défendre nos
récoltes. La chauve-souris niche dans les trous d'arbres et
dans les lieux sombres des maisons inhabitées, c'est un chasseur crépusculaire qui ne se met en route que le soir. Les

papillons de nuit, les hannetons, les cousins, les moucherons,
forment sa nourriture habituelle et elle en consomme beaucoup; quand elle est repue, elle entasse encore du gibier dans
de larges bajoues qu'elle porte à côté des mâchoires, puis elle
rentre dans son gîte, où elle se suspend par une patte de derrière et s'endort. Lorsque l'hiver arrive et que les papillons
disparaissent, les chauve-souris se réunissent dans quelque
caverne bien sombre, s'y suspendent en grappes et s'endorment pour jusqu'au printemps suivant, de ce sommeil léthargique, qu'on nomme l'hivernation.

Vous voyez, mes chers enfants, que parmi les animaux
réputés nuisibles, il y en a peu qui méritent véritablement
cette qualification et que beaucoup sont victimes des préjugés
populaires. Avant de terminer cet entretien, je dois non seulement blâmer ceux qui, de partis pris, et sans réflexion
détruisent les chauve-souris, les hérissons, les musaraignes,
les blaireaux; mais je veux attirer votre attention sur le
traitement à exercer envers les animaux réellement méchants
lorsqu'ils tombent entre nos mains. Eh bien! il ne faut jamais
oublier que les animaux n'ont pas la raison, et ne sont, par
conséquent, pas responsables de leurs actes, même quand ils
nuisent à nos intérêts; ils suivent la loi de leur instinct. Si
nous sommes obligés de les détruire, que ce ne soit pas avec
colère et en leur infligeant un supplice douloureux. Tuons-les,
s'il le faut, mais ayons pour eux la pitié du bourreau.

Ces considérations me portent à faire des vœux, avec les
membres de la *Société protectrice*, pour qu'il ne soit plus
accordé d'autorisation d'exhiber des animaux féroces ailleurs
que dans les jardins zoologiques. « Dans les ménageries am-
bulantes, les animaux, sans cesse tourmentés, mal nourris, et
enfermés dans des cages peu solides, peuvent s'échapper et
occasion er d'irréparables malheurs. Leur exhibition n'est pro-

fitable à personne, si ce n'est à des saltimbanques sous les loques desquels se cachent souvent la paresse et le vice, et que les travaux de l'agriculture feraient vivre plus honnêtement qu'une mendicité déguisée. » (*Bulletin de la Société protectrice*).

Ce que j'ai dit à propos des combats de taureaux et de chiens, doit aussi s'entendre des animaux dont nous parlons. On rencontre par les foires des gens qui s'amusent à faire battre des loups avec des ours, ou des chiens avec des renards; c'est un spectacle barbare et indigne de gens civilisés. J'ai lu qu'en Belgique où le blaireau abonde, cette malheureuse bête était destinée aux jeux du cirque. Le peuple se montre avide de ces combats, et applaudit à outrance lorsqu'un de ces animaux, renversé sur le dos, la gueule ardente, les griffes ouvertes, tient en respect quatre ou cinq chiens à la fois. Ailleurs ce sont des luttes de rats et de taupes, des duels de belettes et de lapins : aucun de ces jeux n'est moral, aucun n'améliore le cœur : il faut y renoncer et les proscrire.

CINQUIÈME ENTRETIEN

LES OISEAUX DE BASSE-COUR

Oies. — Dindes. — Poules. — Canards. — Pintades. — Pigeons.

Une troupe de ces chaudronniers ambulants qui voyagent avec toute leur famille et leur mobilier dans une grande charrette, semblable à une cabane, et traînée par un cheval maigre, était venue s'arrêter sur un terrain vague derrière le jardin du presbytère. La vue de ces femmes en haillons, de ces enfants à demi-nus, de ces étrangers crasseux parlant une langue barbare, était une chose nouvelle à Millac : tout le monde s'en émut, les enfants surtout; et tandis que les étameurs soufflaient leurs fourneaux en plein vent, il y avait toujours autour d'eux une vivante haie de bambins émerveillés. Il eût été impossible d'empêcher les neveux de M. le curé de partager la curiosité générale. Mais le bon prêtre en leur défendant de se mêler aux gamins, leur avait permis de regarder par dessus les murs du jardin et une table avait été dressée à cet effet, qui leur servait comme de belvédère et d'où ils voyaient sans être vus.

Or, il arriva qu'un matin, Marguerite qui ne le cédait en

(72)

rien à ses frères, sous le rapport de la curiosité, s'était levée
dès le petit jour, et était venue s'installer à l'observatoire. A
cette heure, la pelouse était déserte. Un grand chien, attaché
à la roue de la charrette par une corde, s'étirait en bâillant,
et le cheval achevait de manger une botte d'herbe verte qui
n'avait jamais été achetée. Au dedans de la maison roulante
on entendait bien les enfants piailler dans leur sommeil,
mais pas la plus petite lumière ne s'échappait par la lucarne
vitrée qui éclairait la mystérieuse cabane.

Marguerite était à l'affût depuis un bon quart d'heure, et
déjà le temps commençait à lui sembler long, lorsqu'un siffle-
ment semblable au cri de la chouette se fit entendre dans le
lointain. Aussitôt un cri semblable partant de la charrette
lui répondit, et fit frémir la petite fille. Mais son attention
ne tarda pas à être absorbée par un spectacle aussi étrange
qu'imprévu. Au signal qui venait d'être donné, trois ou quatre
gaillards apparurent tout à coup sur la pelouse, comme s'ils
sortaient de terre à travers les buissons. Chacun d'eux était
porteur d'un volatil quelconque enlevé à une basse-cour du
voisinage. L'un avait une paire de poulets, l'autre un dindon,
l'autre une couple d'oies. Ces honnêtes bêtes en sortant de la
gibecière où elles avaient été enfouies furtivement, vou'urent
donner de la voix, mais en gens expérimentés et sans la moindre hésitation, les bohémiens allemands leur introduisirent
un doigt dans le bec, et imprimant à la main un mouvement
circulaire, ils eurent en un instant décollé l'oiseau, de façon à
ce que la tête leur restât dans la main, tandis que le tronc
était projeté au loin. Le grand chien qui, de longue date, connaissait cet exercice, reçut pour sa part les têtes des victimes
qu'il fit disparaître sans en laisser trace, et les cadavres
plumés à la hâte, furent engloutis dans une vaste marmite,
sous laquelle une mégère soufflait déjà les tisons.

Tout cela s'était fait si lestement, que le tour était joué

avant que la nièce de M. le curé fut revenue de son saisisse-
ment. Le cœur haletant elle s'empressa de regagner la maison
et rencontrant son oncle, elle lui raconta ce qu'elle venait
de voir.

M. le curé, s'étant rendu lui-même au jardin n'eut pas de
peine à se convaincre de l'exactitude du récit de Marguerite.
Il crut, de son devoir, de faire prévenir le garde champêtre, et
celui-ci ayant vérifié le contenu des marmites, les étrangers
furent invités à quitter immédiatement le pays. Leur aventure
fit le sujet des conversations du village pendant toute la journée, et le soir, après dîner, le bon abbé Pyrmil, prenant
occasion de leur cruauté envers la volaille volée, en voulut
faire l'objet d'un petit entretien.

Mes chers petits, dit-il à ses neveux, votre sœur a été ce
matin saisie d'indignation en voyant la manière barbare dont
ces étrangers s'y prenaient pour ôter la vie aux oiseaux de
basse-cour qu'ils avaient dérobés dans les fermes voisines;
cela ne me surprend point. Il est toujours pénible de voir
donner la mort à d'innocentes bêtes qu'on a pour ainsi dire
vu élever autour de soi, et dont on connaît les mœurs douces
et pacifiques; mais quand cette immolation est accompagnée
de circonstances barbares, et provoquent les convulsions et les
cris de la victime, il s'élève naturellement de notre cœur un
sentiment d'indignation contre la brutalité de ceux qui abusent
ainsi de leur force. Marguerite a été indignée du spectacle de
ces étrangers arrachant la tête à des volailles encore vivantes;
mais combien de fois ne nous arrive-t-il pas de voir avec indifférence des couples de poulets attachés tout un jour par les
pattes sans manger; des canards empâtés avec un tampon de
bois, au risque de les étouffer à chaque reprise; des oies aux-
quelles une fille de cuisine tranche en riant la tête sur un
billot; des pigeons qu'une main cruelle étouffe en leur
appuyant les doigts sous les ailes; et mille autres spectacles

de ce genre. Chacun de ces animaux est pourtant un ami, un bienfait, et leur vie entière semble n'avoir d'autre but que notre utilité et notre service.

L'OIE.

Une des plus sacrifiées parmi ces pauvres bêtes est l'oie. Sa corpulence, son précieux plumage, son naturel sociable, son appétit complaisant à s'accommoder de tout, font de cet oiseau un des plus intéressants et des plus précieux de nos basses-cours. Indépendamment de la bonne qualité de sa chair et de sa graisse dont aucun autre volatil n'est plus abondamment pourvu, l'oie nous fournit encore cette plume délicate, sur laquelle la mollesse se plaît à reposer.

Les gens pour lesquels les proverbes sont articles de foi, se croient cependant dispensés de toute bienveillance pour cette espèce, quand ils ont dit : *Bête comme une oie.* Hélas ! rien n'est plus faux que cette maxime. « Bien longtemps avant le chien, l'oie avait été chargée par les Gaulois, nos pères, de veiller à la sûreté des habitations de la campagne. A quelque heure de la nuit que le renard, le putois ou la fouine se montrent, l'oie reconnaît de loin leur présence dangereuse : elle donne l'éveil au maître du logis. Ses cris ont plus d'une fois annoncé l'approche du voleur, ou signalé celle de l'ennemi (1). » On peut corrompre le chien de garde en lui offrant de la nourriture, rien ne peut détourner l'oie de son devoir.

Malgré toutes ces qualités l'oie est le plus maltraité de tous nos oiseaux de basse-cour ; non seulement on ne se préoccupe pas de faciliter aux couvées l'accès d'une eau courante, où

(1) Humbert. *Dimanches de tante Émilie.*

elles puissent, suivant leur instinct se baigner, lustrer leurs
plumes et pêcher les vermisseaux dont elles sont très gour-
mandes; mais trois fois par an on arrache leurs plumes du
jabot et du dessous des ailes, sans penser à la souffrance qui
en résulte pour elles; par un raffinement de cruauté encore
plus barbare, certains industriels, leur clouent les pattes, leur
cousent les paupières, et les gavent d'une nourriture surabon-
dante pour arriver ainsi à leur donner une maladie qui
détermine le gonflement du foie, parce que cet organe, déve-
loppé de la sorte, est recherché par les gourmands pour en
faire des pâtés.

Une coutume presque aussi barbare, est celle que j'ai ren-
contrée dans beaucoup de provinces, où l'une des réjouissan-
ces des fêtes publiques consiste à suspendre à une branche
d'arbre, une malheureuse oie que des paysans mal habiles
s'exercent à tirer avec une arbalète. Celui qui tue l'oiseau, en
devient le possesseur : mais la mort n'arrive qu'après deux
ou trois heures de souffrances, et lorsque la pauvre bête est
entièrement criblée de blessures : ce sont là des jeux abominables et barbares dont un chrétien devrait rougir.

LE DINDON.

Dans d'autres contrées, ce sont les dindes qui servent
d'enjeu pour exercer les tireurs. Le supplice n'est pas moins
blâmable, et la mort tout aussi imméritée, car cet oiseau est
encore de ceux qui nous rendent le plus grand service. On
peut dire que son importation en France, est un des plus
beaux cadeaux que le nouveau monde ait fait à l'ancien. La
femelle est très féconde. Les couvées, quoique difficiles à
élever, ne sont pas gênantes. Les mœurs paisibles du dindon,
ne troublent pas les basses-cours, si on permet au troupeau

de sortir dans les champs, il suit pas à pas le laboureur et avale les vers blancs à mesure qu'ils sont mis hors de terre par la charrue, ce qui est un avantage énorme pour les futures récoltes; ou bien il va s'ébattre dans les prairies fauchées et y fait des hécatombes de sauterelles; après quoi, tous les membres, sans jamais se séparer, rentrent à la ferme, et regagnent silencieusement leurs perchoirs. Contrairement à la plupart des volailles, les dindons n'ont pas besoin d'être mis en captivité pour engraisser, leur gloutonnerie naturelle suffit, et on commence à en voir sur les marchés dès le mois d'août, dont la chair blanche et parfumée est aussi appréciée que celle du poulet. « Cet aliment délicieux, dit un auteur, jouit en France de l'avantage unique de réunir autour de soi toutes les classes de la société : quand les vignerons et les cultivateurs de nos campagnes veulent se régaler, dans les longues soirées d'hiver, que voit-on rôtir au feu brillant de la cuisine où la table est mise? Un dindon! Lorsque l'artiste laborieux, ou le petit commerçant, rassemble quelques amis pour jouir d'un repas d'autant plus doux qu'il est plus rare, quelle est la pièce obligée du dîner qu'il leur offre? Un dindon farci de saucisses et de marrons de Lyon! et dans nos cercles aristocratiques, dans ces réunions choisies où la politique est forcée de céder le pas aux dissertations sur le goût, qu'attend-on, que désire-t on, que voit-on au second service? une dinde truffée! »

Puisque tout le monde apprécie la chair savoureuse des dindes, que tout le monde s'unisse donc aussi pour protéger ces précieux oiseaux contre la brutalité des marchands et aussi des paysans qui se croient un droit de les assommer à coups de triques, quand ils rencontrent les couvées du voisin dans leurs cultures.

LES POULES.

Les poulets, poulardes, chapons, coqs et poules, tous membres d'une même famille, sont également des oiseaux dévoués à l'homme, qui semblent n'avoir d'autres destinée que d'égayer la basse-cour pendant leur vie, et de doter nos garde-manger après leur mort.

On a remarqué depuis longtemps, que la démarche fière et le regard étincelant des coqs, contrastait avec les allures modestes des poules. Mais voyez comme ce gardien vigilant a soin des femelles au milieu desquelles il vit. Il ne les perd pas de vue, il les conduit, les menace et les défend. Il les appelle dès qu'il a trouvé quelque nourriture, et en fait le partage entre elles. Dès le point du jour, il commence à chanter et donne au loin le signal du réveil aux villageois attardés dans leur lit.

La poule pond toute l'année, et ne s'interrompt en février et en août, que pour couver ses œufs. Aussitôt que ses petits sont éclos, elle montre toutes les qualités de la plus tendre des mères. « Sans cesse occupée d'eux, dit Buffon, elle ne cherche de la nourriture que pour eux; si elle n'en trouve point, elle gratte la terre avec ses ongles pour lui arracher les aliments qu'elle recèle, et elle s'en prive en leur faveur; elle les rappelle lorsqu'ils s'égarent, les met sous ses ailes à l'abri des intempéries, et se livre à ces tendres soins avec tant de sollicitude, que sa constitution en est sensiblement altérée. Non seulement elle s'oublie elle-même pour ses petits, mais elle s'expose à tout pour les défendre; paraît-il un épervier en l'air, cette mère si faible, si timide, et qui, dans toute autre circonstance chercherait son salut dans la fuite, devient intrépide par tendresse. Elle s'élance au devant de l'ennemi, et par ses cris redoublés, ses battements d'ailes et son audace, elle en impose souvent à l'oiseau carnassier. »

Les exemples de vertus domestiques que nous donnent ces intéressants oiseaux, et le sacrifice continuel qu'ils sont destinés à faire de leur vie pour notre profit, n'ont pu suffire pour empêcher le mauvais instinct des hommes, de s'exercer à leurs dépens. Ils ont pris plaisir à cultiver la jalousie que s'inspirent réciproquement les coqs, pour les dresser à des combats qui sont pour eux un spectacle barbare. On a vu, disait Buffon, on voit encore tous les jours, des gens de tous états accourir en foule à ces grotesques tournois, se diviser en parti, s'échauffer pour les combattants, joindre la fureur des gageures à l'intérêt d'un si beau spectacle, et le dernier coup de bec de l'oiseau vainqueur, renverser la fortune de plusieurs familles. » Est-il rien de plus insensé et de moins digne d'indulgence.

Non seulement, mes enfants, il ne convient pas de s'associer à de semblables divertissements, mais si vous dirigez jamais une exploitation, appliquez-vous à disposer votre basse-cour de manière à en rendre le séjour agréable et sain à vos poules. Ayez-y quelques arbres à l'ombre desquels elles puissent s'abriter contre le soleil ; un hangar qui leur serve de refuge quand il pleut ou que la bise souffle ; un abreuvoir où l'eau soit maintenue propre et fréquemment renouvelée ; des toits garnis de juchoirs et souvent nettoyés pour en éloigner la vermine qui dévore ces pauvres bêtes pendant la nuit et empêche leur sommeil ; enfin, des pondoirs bien abrités et entretenus de paille fraîche, pour les femelles. Vous aurez ainsi un poulailler qui vous fera honneur, et vous ne tarderez pas à vous apercevoir que le profit est au bout des bons traitements qu'on exerce envers les animaux.

LE CANARD.

Le canard domestique, frère civilisé du canard sauvage, n'est pas un oiseau doué d'une rare intelligence. Il est bien habillé, mais sa voix fait fuir, et sa gourmandise paraît être le principal mobile de ses actions. On l'accuse d'être coureur, de chercher le voisinage des eaux, et d'y oublier le chemin de son toit. Cependant cet oiseau, si mal doué, ne manque pas de cœur; voici sur son compte un trait, ce qui est raconté par un naturaliste digne de foi.

« Une jeune dame était assise dans une chambre, près d'une cour, où s'ébattaient les poules, les canards et les oies. Un canard entra, s'approcha d'elle, saisit du bec le bas de sa robe, et la tira vivement. Distraite, elle le repoussa de sa main : il insista. Un peu étonnée, elle prêta quelque attention à cette pantomime inaccoutumée, et il lui parut que le canard voulait l'entraîner dehors. Elle se leva, il s'empressa de marcher devant elle. De plus en plus étonnée, elle le suivit et il la conduisit jusqu'au bord d'un bassin, où elle aperçut une cane qui avait la tête prise dans la porte d'une écluse. Elle se hâta de dégager la pauvre bête, et la rendit au canard, qui des ailes et de la voix, témoigna tout le contentement que lui causait la délivrance de sa compagne (1). »

Montrez-vous donc, mes chers enfants, les défenseurs de ces

(1) Menault : *Intelligence des animaux.*

oiseaux trop calomniés, et lorsque vous verrez une bande de
gamins attroupés autour d'une servante d'auberge qui vient de
trancher la tête à un canard, au lieu de vous mêler à eux
pour rire du soubresaut qu'il fait dans son agonie, ne crai-
gnez pas de dire que la servante est sottement cruelle, et que
les spectateurs sont des vagabonds sans cœur, ni réflexion.

LA PINTADE.

Cet oiseau, originaire d'Afrique, est peu répandu dans nos
fermes, à cause de son mauvais caractère qui le porte à troubler la paix des basses-cours. Je ne fais donc que vous le
signaler pour que vous puissiez répondre à ceux qui feraient
son procès, que si la pintade est querelleuse, elle fournit une
chair excellente, elle se nourrit seule, sans qu'on soit obligé
de lui donner du grain, elle est d'une fécondité à défier la cane
et la poule, et qu'enfin elle s'apprivoise parfaitement. « Bruc
raconte qu'étant sur la côte du Sénégal, il reçut en présent
d'une princesse du pays, deux pintades, l'une mâle et l'autre
femelle, toutes deux si familières, qu'elles venaient manger
sur son assiette, et qu'ayant la liberté de voler au rivage, elles
se rendaient régulièrement sur la barque au son de la cloche,
qui annonçait le dîner et le souper. »

LE PIGEON.

Qui pourrait croire que le pigeon, si gracieux, si doux, si élégant dans son plumage, si peu importun dans la basse-cour, si délicat comme ressource culinaire, et si utile comme messager, ainsi que l'ont montré nos dernières et malheureuses guerres, ait cependant des ennemis qui le guettent au coin des champs où il s'abat, pour le tuer par pure vengeance, ou qui le présentent dans les réunions publiques, pour faire de sa mort, par un sentiment de sordide avarice, l'objet d'un lucre honteux, sous le nom de *tir aux pigeons*.

Cependant, si ces oiseaux légers dont le vol est si rapide, ont consenti à vivre près de l'homme et à lui obéir, ne doit-on pas en conclure que leur attachement a plus de désintéressement et moins d'égoïsme que celui des oiseaux pesants de basse-cour, et n'est-ce pas le propre d'un méchant cœur, de payer d'ingratitude une tendresse si délicate et si désintéressée.

En un mot, mes chers petits, nous avons des devoirs de reconnaissance à remplir envers les oiseaux qui veulent bien nous consacrer leurs produits et leur vie, nous réjouir de leur babil et nous nourrir de leur chair : sachons au moins être compatissants pour eux, et ne craignons pas de blâmer hautement leurs persécuteurs.

SIXIÈME ENTRETIEN

LES GARDIENS DES RÉCOLTES

Chouette. — Hibou. — Buse. — Freux. —
Pic. — Huppe. — Chardonneret. — Ver-
dier. — Bouvreuil. — Bruant. — Linotte. — Moineau. — Grimpereau. — Engoulevent. — Hirondelle. — Martinet. —
Mésange. — Rossignol. — Fauvette. —
Rouge-gorge. — Bergeronnette, etc.

Un dimanche, après l'*Angelus* de midi, le petit Joseph, en
furetant dans le clocher avec le fils du sacristain, découvrit
entre les bois de la charpente un gros oiseau, debout sur ses
pattes qui, au lieu de fuir à son aspect, le regarda effronté-
ment, avec deux yeux ronds, brillants comme des émeraudes.
L'enfant eut peur d'abord; mais son camarade le rassura en
lui disant :

— Je connais cette vilaine bête, c'est une chouette, mon
père m'a dit que ces oiseaux là allaient la nuit dans les
églises boire l'huile des lampes, et se percher sur les maisons
des malades pour prédire leur mort. Nous allons la clouer sur
la porte de l'église, et la laisser sécher sur place pour servir
d'épouvantail aux autres.

(83)

— Mon oncle ne serait pas content si nous agissions ainsi, répondit Joseph ; il nous a bien recommandé de ne jamais détruire aucune bête, sans nous informer à l'avance si elle était nuisible ou utile ; et quand celle ci serait aussi méchante qu'on le dit, ce n'est pas une raison pour la faire souffrir en la tuant. Prenons plutôt la chouette avec précautions et portons-la à la cure, nous saurons bientôt à quoi nous en tenir sur son compte.

Justement l'abbé Pyrmil se promenait en ce moment dans son jardin, au milieu d'une dizaine de bambins avec lesquels il causait avec bonté, en attendant l'heure des vêpres. Il regarda un moment l'oiseau, écouta les explications de son neveu, et s'adressant à son jeune auditoire :

— Vous savez, mes enfants, dit-il, que le cultivateur qui sème sa récolte, est exposé, avant de la voir fructifier l'année suivante, à une foule de déceptions. Il a non seulement à craindre les intempéries du ciel, mais toute la mauvaise engeance des animaux nuisibles : vers, insectes, chenilles, granivores, rongeurs, etc., et jamais il n'eût été à même de vaincre tant d'ennemis, « si Dieu ne lui eût donné dans l'oiseau des champs un auxiliaire puissant, un allié fidèle qui s'acquitte à merveille de l'œuvre que l'homme ne saurait accomplir. »

« Cette mission providentielle de l'oiseau a pu passer longtemps pour une exagération poétique ; aujourd'hui, grâce aux travaux des naturalistes modernes et notamment à ceux de M. Florent Prévost, professeur à notre muséum d'histoire naturelle, elle a pris rang parmi les vérités les mieux démontrées de la science.

» A l'aide des facilités qui lui ont été données par les administrateurs des forêts et des domaines de la couronne, et dans une suite d'études poursuivies avec persévérance, depuis bientôt quarante ans, ce modeste et savant investigateur est parvenu à cons'ater expérimentalement, semaine par semaine, le régime alimentaire des oiseaux de nos climats ; par l'examen attentif des débris trouvés dans leurs estomacs, il a pu déterminer pour chaque espèce, non seulement dans quelle proportion elle se nourrit d'insectes, mais quelles espèces en particulier elle recherche et détruit, et par conséquent quels végétaux elle protége contre leurs ennemis. » (*Rapport à l'assemblée*).

De l'ensemble de ces recherch s, il résulte que sur les trois cent trente espèces d'oiseaux qui pondent dans nos pays, les trois quarts au moins sont des auxiliaires pour les laboureurs. Les au'res se divisent en gibier à plume, dont l'avantage compense à peu près l'inconvénient, et en oiseaux nuisibles qu'il faut négliger ou détruire. Puisque l'occasion s'en présente, je vais vous dire quelques mots des oiseaux utiles à l'agriculture et réfuter en passant quelques préjugés dont vous entendrez souvent parler autour de vous.

CHOUETTES ET HIBOUX.

On confond sous le nom d'oiseaux de proie nocturnes, certaines espèces assez communes qui vivent du produit de leur chasse, et qui, pendant les nuits claires, font une guerre à outrance aux rats, souris, mulots et campagnols, pour se tenir ensuite blottis pendant le jour, dans quelque obscure cachette. Tous ces oiseaux ont de grands yeux ronds qui n'y voient pas le jour, un bec crochu, des griffes acérées, un plumage très soyeux et un vol si doux, qu'on l'entend à peine. On appelle *hiboux,* ceux qui ont une crête de plumes sur la tête, et *chouettes,* ceux qui en sont dépourvus.

Parmi les chouettes, on distingue : l'*effraie,* ou *chouette des clochers ;* c'est celle que vous avez sous les yeux. Son plumage ne manque pas d'élégance, mais il est sombre; les yeux sont enfoncés et entourés d'un cercle de plumes blanches; une colerette rousse encadre les faces. Son cri est un souffle lugubre. On l'accuse de fréquenter les cimetières et les maisons des morts. En réalité, elle ne fréquente de préférence que les lieux où la chasse des souris doit être plus abondante. Elle niche dans les tours élevées et les clochers anciens. — La *hulotte* ou *chat-huant,* un peu plus grosse que l'effraie, a la taille à peu près d'une poule et le plumage également grisâtre. Les ailes sont marquées de taches blanches, la tête est très grosse. Elle habite les bois dans la belle saison; dans l'hiver, elle se retire souvent dans les granges pour y faire métier de chat, d'où il lui vient son nom. Son domicile est le creux des arbres, c'est là qu'elle élève sa couvée. — La *chevêche* est la plus petite de nos chouettes; elle a la grosseur d'un merle. Son plumage est d'un brun foncé, avec la gorge blanche. Elle habite les masures et y niche.

La classe des hiboux comprend quatre espèces : — Le *grand-duc* qui est plus gros qu'une oie, avec une tête énorme, sans cou, deux longues aigrettes, de larges prunelles noires, enveloppées d'un cercle orangé, le plumage d'un roux brun, tacheté de noir et de jaune. Il n'habite que les rochers ou les tours abandonnées, descend rarement dans la plaine et ne perche pas volontiers sur les arbres. — Le *moyen-duc* ou *hibou commun,* gros comme une corneille, très commun dans nos pays, est vêtu comme le précédent. Il habite les troncs d'arbres et les édifices ruinés. — La *grande chevêche* dont le

panache est peu apparent, s'approche rarement des habitations, vit dans les rochers, et ressemble pour le plumage au
moyen-duc. — Enfin le *scop* ou *petit-duc*, qui est de la grosseur d'un merle, a un plumage cendré mêlé de roux, il va
souvent par bandes, et émigre volontiers vers les pays de
chasse.

Tous ces oiseaux ont des mœurs pareilles. Dès que le cré-
puscule arrive, sans bruit ils se mettent en campagne. Ils
évitent les bois et se dirigent de préférence vers les guérets et
les prairies, examinant les sillons où se tapit le mulot, les
pelouses où le campagnol se terre; la proie aussitôt aperçue,
est saisie et croquée. La besogne va si vite, que selon un
naturaliste anglais, une nuit suffit à un couple de chouettes,
pour détruire cent cinquante rats, mulots, campagnols ou autres petits rongeurs. Si la chasse n'est pas fructueuse dans les
champs, les chasseurs se portent volontiers dans les meules
de blé, les greniers et les granges, et ne dédaignent pas les
timides souris, voir même les papillons de nuit et les gros
scarabés. Par malheur, l'occasion aidant, on en a vu quelquefois aller surprendre les oisillons dans leur nid, et les lapereaux dans les clairières où ils s'abattent; mais si l'on met en
balance la somme du bien et la somme du mal qu'ils nous
font, nous ne devons pas hésiter à mettre sous notre protection un oiseau qui accomplit, à lui seul, plus de besogne que
dix chats, et auquel il suffirait de quelques nuits pour pur-
ger nos greniers de souris et de rats.

LES BUSES, LES FREUX.

Ces oiseaux peuvent être comparés aux membres honnêtes
d'une famille de malfaiteurs, car ils appartiennent, l'un aux

oiseaux de proie diurnes, l'autre aux corvidées dont je vous raconterai quelque jour les mauvaises actions.

Les *buses* sont de gros oiseaux de la taille d'un coq; elles ont le bec court et courbé, les ailes très longues, les yeux vifs et les pattes fortes comme il convient à des chasseurs intrépides. Elles vivent de rats, mulots et autres petits rongeurs, dont elles font une consommation telle, qu'on estime à six mille par an le nombre de leurs victimes, soit une moyenne de seize par jour, sans préjudice des insectes dont elles assaisonnent le menu. Les variétés sont : la *buse commune*, qui est brune, à gorge blanchâtre, avec les yeux et les pieds jaunes. Elle habite les lieux boisés; c'est la meilleure pour la chasse, et il n'est pas rare de la voir rester des heures entières à l'affût devant une motte de terre. La *buse bondrée*, moins grosse que la précédente, également brune, à ventre blanc, a une préférence marquée pour les chenilles, les guêpes, et surtout les larves de ces dernières dont elle détruit habilement les nids. — La *buse pattue* qui fréquente le bord des rivières et les lieux incultes pour y vivre de reptiles, d'insectes, de mulots et de taupes. La vérité m'oblige à dire que quelquefois l'hiver, quand la chasse est infructueuse, la buse retrouve l'instinct de sa race, et attaque sans scrupule les jeunes poulets des basses cours; mais que sont ces rares larcins en comparaison des milliers de petits voleurs dont elle délivre nos champs.

La corneille freux, un peu plus petite que la corneille noire, a le plumage d'un noir violet, à reflet de cuivre, et la peau du front et du bec comme farineuse et dégarnie de plumes. Ces oiseaux habitent les bois et volent par troupes nombreuses; à la saison des labours, on les trouve partout dans les champs, suivant pas à pas le laboureur qui trace les sillons, afin de dévorer les vers au fur et à mesure que le soc de la charrue les rejette de côté avec les mottes de terre. Ici, comme

pour la buse, on est obligé de faire une restriction. Le freux
ne mange pas les oisillons, mais quand les larves d'insectes
et les vers manquent, il tombe sur les fruits : noix, châtaignes, glands, et ce qui est bien pis, il a un goût très prononcé
pour les graines germées et arrache de terre les semences pour
s'en régaler voluptueusement.

LES PICS.

Le pic, a dit un naturaliste, est un conservateur des forêts,
sans appointements. Cet oiseau est fort connu dans les campagnes, à cause de son beau plumage et de ses mœurs singu-
lières. Il semble avoir pour mission de débarrasser les arbres
des larves d'insectes qui se cachent sous leur écorce, et passe
sa vie à cette chasse. Les gros vers des capricornes et des
cerfs-volants, sont un régal pour lui. Afin de les atteindre, il
fait faire voler en éclats les écorces mortes et sonde le bois
vermoulu; le bec du pic, en forme de coin, est construit
exprès pour cet exercice. Attaché à l'arbre par ses jambes
courtes, armées d'ongles robustes, il frappe d'abord quelques
coups vigoureux et court aussitôt de l'autre côté du tronc
pour voir s'il n'en est point sorti quelques insectes qu'il
attrape; puis, revenant à son ouvrage, il élargit l'ouverture et,
passant dans les crevasses sa langue longue et visqueuse,
armée d'une pointe barbelée, il perce dans leur retraite les
larves mises à découvert. Rarement il lui arrive d'attaquer les
arbres vifs, si ce n'est à l'époque de la ponte pour y faire son

nid; mais ces dommages sont largement compensés par les services qu'il rend.

La variété la plus commune chez nous est le *pic-vert*, qui a la taille d'une tourterelle, avec un magnifique plumage vert et la tête rouge. Il niche particulièrement à la lisière des forêts. — Le *pic-épeiche*, est plus rare, il est de la grosseur d'un merle, habillé de blanc et de noir, avec une simple bande transversale rouge sur la nuque. — Le *pic-varié*, également vêtu de velours noir écussonné de blanc, avec une calotte rouge, se plaît dans les grands districts forestiers; il a la taille du précédent. — Le *torcol* n'est pas plus gros qu'une alouette; son plumage est orné de noir et de roux; il se rapproche volontiers de l'homme et visite les jardins pour les échenilles.

Aucun de ces oiseaux ne touche soit aux fruits, soit aux récoltes. Le seul reproche qu'on puisse leur faire, c'est d'aller quelquefois, par manière de passe-temps, se poster près des sentiers des fourmis et y étendre leur longue langue. Les fourmis arrivent une à une, s'engluent et, quand la bouchée semble suffisante, le pic retire la langue, les avale, et s'enfuit en ricanant.

LA HUPPE.

Voici un autre tireur de langue, également grand consommateur d'insectes, mais avec un travail moins pénible. La

huppe n'a pas le bec assez solide pour entamer les écorces
des arbres, mais il est assez long et effilé pour s'insinuer
dans les moindres fissures et dans les profondeurs du sol pour
en tirer des vermisseaux et des insectes. Sa langue visqueuse
lui permet également de chasser les fourmis à la manière
des pics.

C'est un oiseau tout à fait inoffensif aux récoltes. Il a la
taille d'une tourterelle, un plumage roux et noir, et une très
belle huppe, d'où lui vient son nom. Dans les campagnes, on
le nomme encore *pupu*. La huppe fait son nid dans les trous
d'arbres et le remplit d'une ordure infecte qui fait fuir les
dénicheurs.

LES GROS-BECS.

Nous rangerons sous ce chef, une nombreuse légion de
petits oiseaux, dont la renommée équivoque a souvent été le
prétexte de profondes injustices. — Les *chardonnerets, pinsons,
verdiers, bouvreuils, bruants, linottes et moineaux*, ont la réputation d'être de fins connaisseurs en cerises, prunes, poires
et raisins, d'aimer le grain outre mesure, et de n'avoir pas
une notion très exacte de la propriété d'autrui.

Avec la même raison qu'on peut dire à un mammifère :
montre-moi ton ratelier, et je te dirai ce que tu manges; il
est facile de découvrir, d'après la forme du bec des oiseaux,
quel régime ils sont appelés à suivre. Les granivores ont tous
le bec court, épais et dur; il est dans leur destinée de man-

ger des graines. Mais d'abord les graines dont ils se nourrissent ne sont pas toutes utiles à l'homme, quelques-unes
même lui sont nuisibles; ainsi le chardonneret est friand de
la semence du chardon, d'autres se régalent de graines de
moutarde sauvage de mil, de plantain et de ces baies colorées
que produisent les arbres d'ornement : ensuite, la nourriture
des gros-becs n'est jamais exclusivement végétale. Tous consomment en même temps ou suivant les saisons des graines et
des insectes. Nuisibles sous le premier rapport, utiles sous le
second, il y avait à établir la balance entre les services qu'ils
rendent et le mal qu'ils font; c'est à quoi M. Florent Prévost
s'est occupé au grand profit de l'honneur des granivores.

« Le plus malfamé de ces oiseaux suspects, disait M. Bonjean, dans son rapport au Sénat, est sans contredit le moineau,
si souvent flétri comme un pillard effronté. Eh bien! à la
différence de beaucoup de gens, cet oiseau vaudrait mieux
que sa réputation. On raconte, en effet, que sa tête ayant été
mise à prix en Hongrie et dans le duché de Bade, cet intelligent proscrit avait abandonné complétement ces deux pays.
Mais bientôt on reconnut que lui seul pouvait soutenir la
guerre contre les hannetons et les mille insectes ailés des
basses terres; et ceux-là même qui avaient établi des primes
pour le détruire, durent en offrir de plus fortes pour en
opérer le repatriement. Ce fut double dépense; châtiment
ordinaire des mesures précipitées. — Le grand Frédéric avait
aussi déclaré la guerre aux moineaux, qui ne respectaient
pas son fruit favori, la cerise. Naturellement, les moineaux
ne songèrent pas à résister au vainqueur de l'Autriche, ils
disparurent, mais au bout de deux ans, non seulement il n'y
avait plus de cerises, mais encore il n'y eut point d'autres
fruits; les chenilles les mangeaient tous, et le grand roi,
vainqueur sur tant de champs de batailles, s'estima heureux
de signer la paix au prix de quelques cerises avec les

moineaux réconciliés (*discours au Sénat*). « Ajoutons que
dans leur jeune âge, alors que faibles et sans plumes, ils
reçoivent la becquée de leurs parents; presque tous les granivores de petite taille sont alimentés avec des insectes. La
raison en saute aux yeux. Le jabot délicat d'un oisillon récemment sorti de la coque de l'œuf, n'est pas de force à digérer
des semences maigres et coriaces, il lui faut quelque chose de
plus substantiel, de plus nutritif sous un moindre volume,
de plus tendre surtout, comme la marmelade de vermisseaux
préparée à point dans le bec de la mère. Un peu plus tard,
au premier poil follet, viendront les petites chenilles, servies
entières, puis les insectes qui, plus consistants, prépareront
l'estomac à la digestion laborieuse de la graine. (H. FABRE :
les Auxiliaires). « Un couple de moineaux, dit un auteur :
détruit par semaine pour nourrir sa couvée, 5,000 vers environ. » « A Paris, dit à son tour M. Bonjean, un couple de
ces oiseaux, ayant fait son nid sur une terrasse de la rue
Vivienne, on recueillit les élytres (ailes) des hannetons qui
avaient été rejetés du nid, et on en compta quatorze cents,
c'était donc sept cents hannetons détruits par un seul ménage,
pour l'alimentation d'une seule couvée. »

A ces considérations tout à fait intéressées, joignez le
charme que tous ces jolis petits êtres jettent sur la nature qui
les entoure, les chansons de la linotte dans les buissons, le
gai ramage du pinson qui vient visiter le paysan jusque dans
sa grange, le chant harmonieux du bouvreuil, l'élégant plumage du bruant et du chardonneret, et la confiance que tous
ces charmants petits êtres semblent avoir dans l'homme auquel ils se rallient si volontiers, et dont ils recherchent les
habitations pour mettre en quelque sorte leurs nids sous sa
protection. « Je me souviens, dit Châteaubriant, d'avoir
trouvé une fois un nid de bouvreuil dans un rosier, il ressem-
blait à une coque de nacre, contenant quatre perles bleues :

une rose pendait au-dessus toute humide ; le bouvreuil mâle
se tenait immobile sur un arbuste voisin, comme une fleur de
pourpre et d'azur. Les objets étaient répétés dans l'eau d'un
étang, avec l'ombrage d'un noyer qui servait de fond à la
scène, et derrière lequel on voyait se lever l'aurore. Dieu nous
donna, dans ce petit 'ableau, une idée des grâces dont il a paré
la nature. »

LES BECS-FINS.

J'arrive à une classe de petits serviteurs absolument désin-
téressés, qui ne demandent pour leurs services aucun salaire,
et qui passent leur vie dans un mouvement continuel. Les insectivores ou becs-fins, parmi lesquels il nous faut ranger
les *grimpereaux, l'engoulevent, les hirondelles, les martinets, les
mésanges, les fauvettes, les rossignols, le rouge-gorge, le rouge-
queue, les bergeronnettes, les pipits, pouillots et roitelets,* etc.,
sont poussés, non seulement par leur instinct, mais par un
appétit insatiable, à une destruction continuelle. Tant que le
jour dure, on les voit courir sus, aux chenilles qui dévorent
les feuilles et les bourgeons des arbres, aux araignées qui
vous font peur, aux guêpes qui cherchent à vous piquer, aux
mouches qui vous importunent et aux cousins qui vous mena-
cent de leurs dards. Ce sont eux encore qui chassent la
pyrale dans les champs de blé, le charançon dans les greniers,
les termites dans les vaisseaux, le puceron dans les jardins.

On a calculé qu'une mésange consomme par an 300,000
œufs d'insectes. Son nid contient en moyenne vingt petits, qui,

pendant trois semaines, mangent à qui mieux mieux les chenilles et les vermisseaux. C'est une des plus ferventes échenil-
leuses de nos jardins. « Une hirondelle détruit 500 insectes
par jour, soit 90,000 pendant les six mois environ qu'elle
passe dans nos contrées. » (Humbert, *Jean le dénicheur*). « Dix
martinets furent tués, du 15 avril au 29 août, à la fin de la
journée, au moment où ils rentrent au nid. Les insectes dont
les débris furent retrouvés dans leurs estomacs, ne montaient
pas à moins de 5,440. Un autre tableau, établi par M. F.
Prévost, présente des résultats analogues pour la fauvette
d'hiver, et parmi les insectes ainsi anéantis, figurent précisément les plus redoutables pour nous, le charançon, la pyrale,
et une foule d'autres coléoptères destructeurs. » (*Rapport de
M. Bonjean*).

Écoutez, maintenant, une page admirable d'un de nos plus
charmants écrivains : « La nature a ses temps de solennité
pour lesquels elle convoque des musiciens des différentes régions du globe. On voit accourir de savants artistes, avec des
sonates merveilleuses, de vagabonds troubadours qui ne savent
chanter que des ballades à refrain, des pèlerins qui répètent
mille fois les couplets de leurs longs cantiques. Le loriot
siffle, l'hirondelle gazouille, le ramier gémit : Le premier,
perché sur la plus haute branche d'un ormeau défie notre
merle, qui ne le cède en rien à cet étranger; la seconde,
sous un toit hospitalier, fait entendre son ramage confus,
ainsi qu'au temps d'Évandre; le troisième, caché dans le
feuillage d'un chêne, prolonge ses roucoulements semblables
aux sons onduleux d'un cor dans les bois; enfin, le rouge-
gorge répète sa petite chanson sur la porte de la grange où il
a placé son gros nid de mousse. Mais le rossignol dédaigne de
perdre sa voix au milieu de cette symphonie; il attend
l'heure du recueillement et du repos, et se charge de cette
partie de la fête, qui se doit célébrer dans les ombres.

« Lorsque les premiers silences de la nuit, et les derniers
murmures du jour luttent sur les coteaux, au bord des fleuves,
dans les bois et dans les vallées; lorsque les forêts se taisent
par degrés, que pas une feuille, pas une mousse ne soupire,
que la lune est dans le ciel, que l'oreille de l'homme est
attentive, le premier chantre de la création entonne son
hymne à l'éternel. D'abord il frappe l'écho des brillants éclats
du plaisir; le désordre est dans ses chants, il saute du grave
à l'aigu, du doux au fort; il fait des pauses, il est lent, il est
vif; c'est un cœur que la joie enivre, un cœur qui palpite
sous le poids de l'amour. Mais tout à coup la voix tombe,
l'oiseau se tait. Il recommence! que ses accents sont changés!
Quelle tendre mélodie! tantôt ce sont des modulations lan-
guissantes quoique variées; tantôt c'est un air un peu monotone, comme celui de ces vieilles romances françaises, chefs
d'œuvre de simplicité et de mélancolie. Le chant est aussi
souvent la marque de la tristesse que de la joie : l'oiseau qui
a perdu ses petits, chante encore; c'est encore l'air du temps
de bonheur qu'il redit, car il n'en sait qu'un, mais par un
coup de son art, le musicien n'a fait que changer la clef, et la
cantate du plaisir est devenue la complainte de la douleur.

« Ceux qui cherchent à déshériter l'homme, à lui arracher
l'empire de la nature, voudraient bien prouver que rien n'est
fait pour nous. Or, le chant des oiseaux, par exemple, est
tellement commandé pour notre oreille, qu'on a beau persé-
cuter les hôtes des bois, ravir leurs nids, les poursuivre, les
blesser avec des armes ou dans des pièges, on peut les remplir de douleur, mais on ne peut les forcer au silence. En
dépit de nous, il faut qu'ils nous charment. » (Châteaubriand,
Génie du Christianisme).

Non seulement, les oiseaux réjouissent nos yeux par leurs
couleurs et la vivacité de leurs mouvements et charment nos
oreilles par leur chant, non seulement ils nous rendent des

services infinis en détruisant les insectes qui sont les ennemis de notre repos et de nos récoltes ; mais ils nous donnent l'exemple des vertus domestiques les plus dévouées. En voici un exemple que je choisis entre mille, dans les *Bulletins de la Société protectrice des animaux.*

« Un officier qui habitait une petite maison de campagne, près de la ville où son régiment tenait garnison, avait dans son jardin un nid de chardonneret qu'il avait vu construire et qu'il entourait d'une vive sollicitude. Mais un jour, pendant son absence, ses enfants s'étant aperçus que les petits étaient nés, s'emparèrent de la couvée et la mirent dans une cage. Grand émoi chez le père et la mère. Les plumes hérissées, le regard anxieux, ils furetaient dans tous les buissons voisins, réclamant leur progéniture avec un touchant désespoir. L'officier, à son retour, apprend ce qui s'est passé de la bouche même des petits coupables. Que faire? on met la cage ouverte sur une table, et la table près de la fenêtre. Bientôt aux lamentations des parents, répondent de petits cris plaintifs. La mère les entend, accourt, et sans s'inquiéter du danger se précipite avec eux dans la cage. Le père arrive à son tour, et à la grande stupéfaction des assistants, prenant l'un après l'autre ses petits sur ses ailes, il les emporte dans son nid, où la mère se hâta de les rejoindre. Je laisse à penser quelle fête ce fut alors dans la petite famille emplumée. »

Evitons donc de détruire les nids, mes enfants ; car pour le plaisir futile d'élever quelques oiseaux, qui généralement meurent entre nos mains, nous plongeons dans la tristesse un pauvre petit ménage qui ne nous a fait que du bien, et nous enlevons de leur poste ceux que Dieu y avait mis pour protéger nos champs. Un savant a calculé qu'il faudrait treize mètres carrés de belles cultures pour nourrir toute les chenilles qu'un seul nid d'oiseau consomme pendant la saison d'été.

7

Mais ce n'est pas assez de respecter les nids, il faut renoncer à faire la chasse aux petits oiseaux des espèces que nous
venons de nommer. Certaines provinces de la France se
plaignent depuis quelques années, d'être ravagées par les
pucerons qui, dévastant les vignes et les blés, causent des
dommages qui se chiffrent par plusieurs millions de francs.
Eh bien! nous ne craignons pas de le dire; ce sont justement
celles où la chasse aux petits oiseaux s'exerce sur une plus
grande échelle. Dans plusieurs cantons, un nombre considérable de braconniers passent leur vie à traquer les malheureux petits oiseaux. Piéges, lacets, gluaux, filets; tous les
engins leur sont bons contre cette innocente proie. Chaque
jour ils en prennent des centaines qu'ils expédient sur les
marchés, et il se trouve des gourmands assez éhontés pour
favoriser ce honteux trafic. Contrairement à ce qui se passe
en Belgique et en Angleterre, nos lois et nos gendarmes fer-
ment les yeux sur cette barbare industrie; mais la *Sociét*
protectrice des animaux s'en est émue avec raison, et tout fait
espérer que, dans un avenir prochain, nous verrons la loi
prohiber d'une manière absolue et sous des peines sévères
ces massacres de petits oiseaux, comme elle protége temporai-
rement le gibier à plume, contre la vivacité inconsidérée de
certains chasseurs.

Quant à vous, mes chers enfants, ne me demandez jamais
d'aller à la pipée, ou à d'autres distractions de même nature,
je ne vous le permettrais pas. Remplacez ces jeux par d'autres qui sont aussi attrayants et plus utiles. Au lieu de
détruire les petits oiseaux, montrez-vous leurs protecteurs.
Aidez-les à nicher, aidez-les à vivre. Imitez le bon docteur
Béloaino, qui suspend aux arbres de son jardin des nids
artificiels en poterie ou en bois, et qui y réunit ainsi chaque
printemps, huit à dix nids d'oiseaux chanteurs qui le charment
pendant toute la belle saison, et qui consomment chacun en-

viron 15 ou 20,000 chenil'es vertes de ses plates-bandes. —
Plus tard, je vous ferai lire les travaux d'un autre savant,
M. Bretagne, qui conseille avec raison de remplacer les arbres
à feuillage sombre de nos cimetières et de nos promenades
publiques, par les arbres à baies, le sorbier, le houx, le
merisier sauvage, le sureau, le génévrier, le lierre, afin que
les pauvres oisillons que la faim tourmente, pendant les hivers
rigour ux, puissent y trouver le vivre et le couvert

LE GIBIER A PLUMES

Faisan. — Perdrix. — Pigeon ramier. — Tourterelle. — Caille. — Rale. — Merle. — Étourneaux. — Grive. — Bécasse. — Alouette. — Oiseaux d'eau. — Oiseaux de mer.

C'était le jour de l'ouverture de la chasse, et le garde du vieux marquis des Vaulx était venu, de la part de son maître, apporter à la cure un plein panier de victuailles. Le gibier à plume y dominait : faisans, perdrix, grives, cailles, une véritable hécatombe. Il y en avait non seulement pour le curé, mais pour le sacristain, et pour tous les pauvres de la paroisse.

A la vue de ces belles plumes tachées de sang de ces jolis oiseaux privés de mouvement, les enfants s'indignaient avec la naïveté de leur âge qu'on eût arraché la vie à tant de créatures charmantes et inoffensives.

— Mes chers enfants, leur dit M. le curé, ce sentiment fait honneur à votre cœur. Il est en effet pénible de voir mourir ces beaux oiseaux qui pour la plupart ont des mœurs douces et élèvent leurs petits avec tendresse; mais la chasse est motivée par une double considération : d'abord, la nécessité de multiplier les ressources alimentaires dans les limites que Dieu a déterminées, et ensuite la protection des cultures de l'homme, pour lesquelles le plus grand nombre des oiseaux classés dans le gibier à plumes sont des ennemis dangereux. Je ne ferai donc que rappeler ici ce qui vous a été enseigné au sujet du gibier à poil. Ne favorisez jamais, et montrez votre indignation contre les cruautés si souvent commises, sous prétexte de chasse, à l'égard de ces pauvres créatures, mais qu'une sensibilité exagérée et irréfléchie ne vous porte point à blâmer d'une manière absolue la destruction des espèces que le gouvernement a permis de poursuivre, dans certaines limites, après en avoir conféré avec les savants. Nous allons passer rapidement en revue la série d'oiseaux auxquels ces réflexions s'adressent.

LE FAISAN.

Le premier des gibiers ailés de France est le faisan. Ce n'est point un oiseau indigène, mais il est assez bien acclimaté chez nous, pour se reproduire en liberté dans les parcs. Le coq faisan est fort remarquable par l'éclat des plumes qu'il porte au cou et à la queue. Sur la table, la femelle est aussi estimée que le mâle. Depuis l'antiquité les gourmets font le plus grand cas de ce gibier; mais les agriculteurs lui reprochent de délaisser trop souvent les baies et les graines de la forêt, pour les avoines du voisinage, et il causerait des dégâts considérables, car la femelle est très féconde, si on ne lui faisait une chasse assez régulière.

LA PERDRIX

La perdrix, qui paraît être de tous les gibiers celui qui réunit le plus de suffrages après le faisan, se maintient dans nos provinces, grâce à son extrême fécondité, et malgré la chasse exagérée que lui font les oisifs et les braconniers. La femelle pond une vingtaine d'œufs, et niche généralement dans les blés verts au commencement du printemps. La loi défend sous une peine sévère de prendre les œufs et de détruire les jeunes couvées. Elles sont cependant l'objet des violations les plus blâmables, et la douceur de leurs mœurs, la beauté de leur plumage, l'excellence de leur chair, ne peuvent souvent défendre ces pauvres oiseaux de la mort, même pendant la courte période qui sépare leur naissance de l'ouverture de la chasse. Je suis certain que la plupart de ceux qui poursuivent ces malheureuses petites bêtes, hésiteraient à le faire, s'ils connaissaient la tendresse du père et de la mère pour leurs petits. « Dans les premières semaines qui suivent l'éclosion, il n'est pas rare, dit Buffon, de les trouver accroupis l'un près de l'autre, et couvrant de leurs ailes leurs poussins dont les têtes sort nt d· tous côtés avec des yeux fort

vifs. Dans ce cas le père et la mère se déterminent difficilement à partir, et un chasseur qui aime la conservation du
gibier, se détermine encore plus difficilement à les troubler
dans une fonction si intéressante : mais enfin, si un chien
s'emporte et qu'il les approche de trop près, c'est toujours le
mâle qui part le premier, en poussant des cris particuliers
réservés pour cette seule circonstance : il ne manque guère de
se poser à trente ou quarante pas, puis il prend la fuite, mais
pesamment et en traînant l'aile, comme pour attirer l'ennemi,
par l'espérance d'une proie facile, et l'éloigner ainsi de la
couvée. D'un autre côté, la femelle qui part un instant après
le mâle s'éloigne toujours dans une autre direction ; à peine
s'est-elle abattue qu'elle revient en courant le long des sillons,
et s'approche de ses petits qui sont blottis, chacun de son
côté, dans les herbes et dans les feuilles; elle les rassemble
promptement, et avant que le chien, qui s'est emporté après le
mâle, ait le temps de revenir, elle les a déjà emmenés fort
loin. » Voilà, mes chers enfants, ce qu'un naturaliste rapporte
du dévouement des perdrix à leurs perdreaux; n'aurions-nous
point honte de troubler les joies si pures de la nichée, avant
l'heure où la croissance a permis aux jeunes de se séparer de
leurs parents?

LES PIGEONS RAMIERS.

Cette espèce, dont la réputation est fort décriée, serait
difficile à défendre. Les ramiers vivent de préférence au fond
des bois, mais outre qu'ils sont d'une fécondité à toute
épreuve, on les rencontre trop souvent par bandes nombreuses dans les blés verts et dans les champs de pois. Cependant
il faut bien qu'on les nourrisse puisque leur corps, devenu
gros et dodu, est à son tour destiné à nous servir d'aliment.

LA TOURTERELLE.

Ces charmants oiseaux ne passent que quatre ou cinq mois chez nous, juste le temps de nicher, de pondre et d'élever leurs petits. On les voit rarement dans les cultures : Les tourterelles se tiennent dans les bois sombres et frais qu'elles charment par leurs roucoulements, et où elles vivent de petites graines sauvages et de fruits dérobés aux buissons. On ne peut donc s'appuyer pour leur faire la chasse, sur les dégâts qu'elles causent, non plus que sur leur fécondité qui est très restreinte. Il me semble qu'on ne peut détruire sans remords un oiseau si charmant et si inoffensif.

LA CAILLE

Autre oiseau de passage qui vient d'Asie, dans nos plaines tempérées, au commencement du printemps, pour y faire sa couvée, et vit avec nous jusqu'aux approches des frimats. La caille n'a pas la vie retirée, la sobriété monastique est le régime frugal de la tourterelle, sa nourriture est dispendieuse au fermier. Il lui faut du millet, du blé, du chenevis et toutes nos graines cultivées. Mais aussi, quels excellents, quels abondants rôtis! Chaque mère pond de quinze à vingt œufs dans un nid d'herbes sèches posé à terre : elle nourrit ses petits d'insectes et de mauvaises graines dont ils font une grande consommation. Après avoir été les protecteurs des récoltes, ils les attaquent à leur tour, mais ils présentent au novice une

chasse si facile et si appréciée, qu'on ne saurait leur conserver rancune.

LES RALES.

Compagnons assidus des cailles, ces oiseaux viennent comme
elles passer l'été chez nous, pour disparaître aux premiers
froids. On en distingue trois variétés : le *rale de genêts*, le
rale d'eau et la *marouette*. Ils se nourrissent principalement
d'insectes, et si par hasard ils ajoutent au dessert quelques
grains de luzerne ou de blé, cela ne cause pas un grand
dommage, car leur espèce est peu féconde. C'est du reste un
gibier de prix.

MERLES ET ÉTOURNEAUX.

Les merles et les étourneaux, leurs cousins, passent également pour des oiseaux voyageurs, quoiqu'ils restent souvent
pendant l'hiver dans nos contrées. Leur régime devrait les
mettre à l'abri de l'avidité des chasseurs, car ils vivent avant
tout d'insectes, de limaces, de chenilles et de vers de terre.
Quelques cerises à la saison sont le plus gros de leurs larcins.
Leur chair ne vaut pas la peine de les tuer, et leur chant
par contre est fort remarquable.

LES GRIVES.

Gibier délicat et inoffensif pour l'agriculture, les grives ne viennent dans nos provinces que pour y passer l'hiver. La *draine*, la *litorne* et le *mauvis*, qui sont des variétés de grives, ont les mêmes mœurs. Elles vivent de baies et de graines laissées après la récolte; mais quelquefois elles pénètrent dans les vignes et s'y enivrent; c'est alors que le chasseur les surprend aisément, et la mort est l'expiation de leur faute.

LES BÉCASSES.

C'est également pendant la saison rigoureuse, de la Toussaint à la fin de mars, que la bécasse fréquente nos climats. Elle se tient sous bois dans les lieux humides, et vit de vers, d'escargots et d'insectes : elle ne cause jamais le moindre tort aux agriculteurs, et, comme elle est peu féconde, c'est un gibier qu'il faut ménager pour ne pas le détruire.

LES ALOUETTES.

Les alouettes passent l'année chez nous, et il faut que leur fécondité soit bien grande pour que l'espèce se maintienne

malgré le nombre considérable d'engins employés à leur destruction. C'est, il est vrai, un aliment fort délicat, mais ceux
qui s'acharnent à les chasser, et ce sont généralement les fils
des cultivateurs, se doutent peu du tort qu'ils se font à eux-
mêmes. Pour un cent d'alouettes vendues, ils perdent un sac
de blé; car ces charmants oiseaux font une guerre acharnée
aux insectes, aux vers, aux papillons de toutes sortes qui
dévorent les moissons, et si vous les détruisez vous favorisez
la multiplication d'ennemis, que par vous-même vous ne sau-
riez saisir. Mais ce n'est pas le seul exemple que l'homme
donne de son ignorance et de son ingratitude.

LES OISEAUX D'EAU

. Un des principaux aliments de la chasse en hiver est la
tribu des oiseaux d'eau : *hérons, canards sauvages, macreuses,
sarcelles, poules d'eau, pluviers, vanneaux, bécassines, culs blancs
et courlis.* Je m'empresse de dire que la plupart de ces oiseaux
ne passent pas l'été chez nous, et qu'aucun d'eux ne cause le
moindre dommage à l'agriculture. Ils viennent, apportés par
les vents d'hiver, et ne vivent que des vermisseaux qui se
rencontrent aux abords des étangs et dans les prairies basses.
A ce point de vue, ils sont nos auxiliaires. Si parfois ils font
entrer dans leur régime quelques poissons, le mal n'est pas
grand. Plusieurs d'entre eux présentent des qualités gastrono-
miques fort appréciées. Il ne faut pas que ce soit une raison
pour leur faire une chasse à outrance, car ils ne tarderaient
pas à disparaître, le plus grand nombre étant d'une médiocre
fécondité.

LES OISEAUX DE MER.

Les oiseaux qui vivent au bord de la mer, au milieu des récifs, ne méritent pas moins notre protection que ceux qui habitent nos campagnes. « Non seulement ils donnent, dit M. Gouezel dans un mémoire adressé à la *Société protectrice,* de l'animation à nos côtes, par leur vol et leurs cris, mais ils assainissent le rivage, en absorbant pour leur nourriture les débris de poissons amenés par la vague. Ce sont eux qui annoncent aux navigateurs l'approche des terres ou des écueils, et qui ramènent souvent par leur présence le courage à bord des navires maltraités par le mauvais temps. Leurs cris sont un présage certain de la tempête, auquel les gens de mer ont la plus grande confiance; leur existence n'est nuisible à aucune industrie humaine; leur chair n'est utilisable en aucune façon, et, cependant, il est fait à ces oiseaux une chasse effrénée. Lorsqu'un tireur a abattu un goëland, toute la bande lui appartient, car tous ceux qui la composent viennent se faire tuer auprès du blessé qu'ils ne veulent pas abandonner. Lorsque l'homme, au contraire, a satisfait son amour-propre de chasseur, il abandonne son gibier, satisfait d'avoir donné la mort à un être inoffensif et compatissant. » N'y aurait-il pas plutôt de quoi rougir, et ne devrions-nous pas prendre des leçons de compassion de ces pauvres oiseaux?

HUITIÈME ENTRETIEN

LES OISEAUX RÉPUTÉS NUISIBLES

Aigle. — Autour. — Épervier. — Faucon. — Milan. — Busard. — Corbeau. — Corneille. — Pie. — Geai. — Coucou. — Pie-Grièche.

Après les oiseaux que notre égoïsme sacrifie au plaisir de la chasse, je dois vous en signaler, mes chers enfants, une dernière catégorie qui paraissent n'avoir aucun droit à notre indulgence, et que la *Société protectrice* elle-même abandonne à la rancune des cultivateurs : ce sont les oiseaux de proie diurnes.

Cette liste est bien longue et c'e t à regret que je la dresse, car qui sait si je n'y comprends pas quelque innocent? Qui sait si dans les desseins de Dieu, telle espèce que l'homme proscrit, n'a pas une mission qui nous est inconnue? Ces réserves faites, je vais vous décrire les mœurs de ces forbans du ciel, qui du reste n'ont rien d'attrayant, car ce sont pour la plupart de hardis pillards et de mauvais voisins.

L'AIGLE.

L'aigle est rare dans nos pays, aussi n'en dirai-je qu'un mot. C'est un gros oiseau dont vous avez cent fois vu l'image.

(109)

Il a la taille d'un dinde, mais son bec crochu, ses ailes puissantes et ses robustes serres, en font l'emblème de la force.
Son plumage est d'un brun sale. Cet oiseau ne chasse que le
jour, et se tient dans les hautes régions de l'air, d'où il inspecte en planant, les troupeaux, les guérets et les basses-
cours. Il niche dans les rochers inaccessibles des plus hautes
montagnes. A l'époque où il élève ses petits, son voisinage est
un véritable fléau, car son nid est un charnier où sont en-
tassés : agneaux, lièvres, lapins, canards, poulets, perdrix, etc. « Vous ne verriez pas sans effroi, dit Audubon, le
triomphe de l'aigle sur ses victimes. Il dans sur le cadavre,
il lui enfonce profondément ses griffes dans le cœur, il bat
des ailes, il hurle de joie. Il lève sa tête vers le ciel et ses
yeux enflammés d'orgueil se colorent comme le sang. »

La force de ce terrible oiseau est telle, qu'on lui a vu enlever même des enfants : « Deux petites filles, l'une âgée de
cinq ans, l'autre de trois, jouaient ensemble, lorsqu'un aigle
de taille médiocre se précipita sur la première, et malgré les
cris de sa compagne, malgré l'arrivée de quelques paysans,
l'enleva dans les airs. Deux mois après, un berger rencontra
gisant sur un rocher, à une demi lieue de là, le cadavre de
l'enfant, à moitié dévoré et desséché. (H. FABRE, les Auxiliaires)

La chasse de l'aigle est très difficile, parce que cet oiseau
desc nd rarement à terre. C'est par la destruction des nids
que les bergers mettent fin aux ravages exercés sur leurs
troupeaux.

L'AUTOUR.

L'autour a la taille d'un très gros coq; il a le bec crochu,
les fortes serres et la large envergure des ailes. C'est un fort
bel oiseau, d'un brun violet, qu'il n'est pas rare de rencon-

trer le matin perché sur un arbre têtard, au bord des routes, surveillant les champs et les prairies. Il fait sa principale nourriture des pigeons qui vont picorer dans les guérets, et des jeunes poulets qui vont chasser les insectes dans les prés. Il fait également la guerre aux lapereaux et aux petits oiseaux, et en temps de famine se rabat sur les taupes et les campagnols.

Les chênes et les hêtres les plus élevés sont ceux qu'il choisit pour y établir son nid. C'est un voisinage dangereux, car la mère couve et fait éclore jusqu'à cinq petits, qui sont d'une extrême voracité.

L'ÉPERVIER.

Tout le monde, dans les fermes connaît ce méchant oiseau, car il est commun dans nos contrées, et on l'aperçoit souvent planant au-dessus des basses-cours. Les pauvres poules couveuses aussi le connaissent bien. Dès qu'elles l'aperçoivent dans l'air, elles poussent un cri et se hâtent de rassembler leurs poussins sous leurs ailes.

Le plumage de l'épervier est cendré en dessus et blanchâtre sous le ventre, avec des raies brunes sur les ailes et à la queue. Son vol est bas et oblique comme celui de l'autour, mais il niche néanmoins très haut dans les arbres. Outre les oiseaux de basse-cour, il poursuit l'alouette, la perdrix, la caille, la grive et les petits oiseaux

LES FAUCONS.

Ces oiseaux forment toute une famille de brigandeaux assez
célèbres. On les dressait autrefois à chasser pour le compte
de l'homme. Le *faucon ordinaire*, le *hobereau*, l'*émerillon*,
l'*émouchet* sont les plus répandus dans nos campagnes. Le
premier est gros comme une poule moyenne; il a le dos
noirâtre et le ventre blanc avec des zébrures noires longitu-
dinales sur tout son plumage. — Le hobereau, gros comme
une corneille est brun dessus, blanchâtre dessous, avec les
cuisses rousses. — L'émouchet a la taille du pigeon, il est
roux et tacheté de noir. — L'émerillon, inférieur au précédent par la taille, est tacheté de brun, de noir et de blanc. —
Tous ont le bec et les pattes d'un beau jaune, les ailes pointues, le vol puissant, et une audace sans pareille.

Ils nichent généralement dans les rochers, les vieilles tours
ou les arbres très élevés, loin des habitations. Leur vol rapide
se joue de tous les obstacles, et ils vont saisir leur proie jusque sous le nez du chien de chasse qui la tient en arrêt.
Pigeons, perdrix, cailles, alouettes, poulets et canetons, sont
le manger qu'ils préfèrent. Les mulots servent pour les jours
d'abstinence.

LE MILAN.

Le milan partage avec le faucon l'exécration des ménagères
qui élèvent des oiseaux de basse-cour; mais il est beaucoup
moins redouté des mères qui, le sachant poltron, ne craignent
pas de lui résister. Cette poltronnerie lui vient, dit-on, de ce
que ses armes, bec et ongles sont moins fortes que celles de
ses complices. Du reste, c'est un oiseau de forte taille, dont
le plumage est roux en dessus, gris en dessous, avec la tête
blanchâtre; il a un vol magnifique et semble nager dans l'air,

Il construit son nid dans les roches et les grands arbres, et
vit tantôt de rapines, tantôt de chasse honnête. Ce n'est pas
un ennemi bien redoutable.

LES BUSARDS.

Il faut pour être juste en dire autant des busards, gros
oiseaux, qui tiennent à la fois de la chouette et du faucon
par le costume et par les mœurs. On les distingue à une
colerette demi circulaire de fin duvet, qui leur encadre le
cou, a une longue queue de belles plumes grises, et a des
ailes plus longues encore. Rarement on les voit s'attaquer
aux oiseaux de basse-cour; ils s'embusquent de préférence
aux abords des eaux stagnantes pour y vivre de mulots, de
reptiles, de grenouilles et de gros insectes. Il est vrai que la
poule d'eau les tente également, et qu'on les rencontre parfois au voisinage des garennes où le lap n fait ses petits.

LE CORBEAU.

Faut-il considérer le corbeau comme un auxiliaire, ou
comme un ravageur? c'est une question sur laquelle les avis
des savants sont partagés. Quoi qu'il ne manque pas d'intelligence, cet oiseau par lui-même n'a rien d'intéressant Il a la
taille d'un gros coq noir, avec un bec énorme et très fort.
Son caractère est jaloux et sombre. La société ou même le
voisinage de ses pareils lui est importun; il ne supporte que
sa femelle. Son nid est généralement placé sur les plus hautes

branches d'un arbre élevé, d'où il inspecte la campague pour y chercher de préférence les charognes. « Quand la proie morte lui manque, dit l'autenr, il chasse le levreau, le lapereau, les petits rongeurs, et pille dans les nids les œufs et les oisillons nouveau-nés. » « Mais se hâte d'ajouter un autre écrivain : ros fermiers savent très bien qu'il détruit un nombre prodigieux d'insectes, de larves et, de vers, qu'il tue les souris, les rats et les belettes, et qu'avec la persévérance du chat, il guette la tannière du renard, dont il enlève les petits. » Passons outre, et laissons aux fermiers le soin de le juger.

LA CORNEILLE.

Après la corneille freux, dont nous avons déjà parlé, cette famille nous présente encore la grosse *corneille noire* ou *agrole*. « La *corneille mantelée* et la petite *corneille noire*, plus connue sous le nom de *choucas*. — La première a le même plumage que le corbeau et la taille d'un gros pigeon. Elle aime à suivre le laboureur et se nourrit avidement des larves que la charrue met à découvert. Le soir venu, les corneilles se rassemblent par escadrons sur les grands arbres et s'y endorment en jacassant. Mais autant leur secours est utile en automne, autant elles paraissent nuisibles à l'époque où elles se séparent pour nicher par couples. A ce moment de l'année, elles se nourrissent surtout d'œufs d'oiseaux et d'oisillons, à peine couverts de poil follet, dont elles font une grande consommation. Un naturaliste anglais a vu un couple de corneilles, enlever et porter à ses petits, une couvée de dix jeunes canards, nés depuis quinze jours, et qui s'ébattaient dans le bassin de son jardin. — La corneille mantelée, ainsi appelée à cause du scapulaire gris qu'elle porte sur les épaules par dessus sa robe noire, est surtout commune au bord de la mer, elle vit de poissons et de graines germées qu'elle arrache pêle-mêle avec les larves. Elle ne niche pas dans nos pays. — Le chouca, toujours vêtu de noir, a la grosseur d'une colombe. Il vit en troupes dans les clochers et les hautes tours, et y niche paisiblement. Il rend quelques services en échenillant les arbres, mais, comme le reste de sa famille, il est avide d'œufs et de petits oiseaux. C'est l'ennemi personnel des moineaux.

En somme, toute cette race a une mauvaise réputation et la mérite. Ce sont des fermiers infidèles qu'il faut sans cesse surveiller, mais que l'on se résigne à garder de peur d'en rencontrer de pires.

LES PIES.

Les pies, grandes bavardes, ont également tort de trop attirer l'attention sur leurs faits et gestes. Le voisinage de l'homme leur plaît, leur nid est facile à reconnaître au haut des peupliers. Elles font aux vers blancs une guerre acharnée, guettent les souris, et font une très grande consommation d'insectes, mais elles chassent les petits oiseaux dans les buissons, les taillis et les champs, brisent leurs œufs et les boivent; elles mangent les fruits, les raisins et arrachent de terre le maïs germé, si bien qu'on est embarrassé de savoir si elles méritent condamnation.

LES PIES-GRIÈCHES.

Par exemple, l'opinion générale, même celle des savants, semble être défavorable aux pies-grièches. C'est en vain

qu'on fait valoir en leur faveur, leur habileté à prendre les
mulots et les rats, leur avidité pour les gros scarabées, les
sauterelles, les hannetons, qu'elles chassent même étant
repues et qu'elles embrochent aux épines des buissons; il
demeure établi que les quatre variétés de cette espèce : *pie-
grièche commune, pie-grièche à front noir, pie-grièche rousse et
pie-grièche cendrée*, sont d'abominables engeances et de barbares écorcheuses d'oiseaux, dont elles mangent la cervelle
avec avidité, pour déchirer ensuite la chair en lambeaux. La
première a la taille d'un merle, les trois autres, celle d'une
alouette. Elles ont un bec crochu et des ongles acérés qui
rappellent les serres des oiseaux de proie. Leur plumage est
un mélange de gris sale, de noir, de roux et de blanc.

LE GEAI.

« Avec ses moustaches noires, son plumage d'un gris
vineux, et ses ailes qui portent une plaque de bleu clair et de
noir rayé, le geai est un de nos plus beaux oiseaux. » Il est
bavard comme la pie, querelleur et étourdi. Il aime à vivre
dans les bois, où il fait chère lie de gros insectes, de limaces,
de noix, de faines, de glands et d'œufs de papillons dont il
est très friand. Malheureusement il ne se montre dans le
voisinage des fermes, que pour arracher les semences germées, dévorer les fruits et détruire les œufs dans les nids des
petits oiseaux, qui sont venus s'établir sous la protection de
l'homme : ce qui l'a fait juger très sévèrement par plusieurs
naturalistes, je demande cependant grâce pour lui.

LE COUCOU.

Grâce aussi pour le coucou, quoi qu'il ne mérite aucun intérêt personnel. Tout le monde connaît cet oiseau, au moins pour l'avoir entendu au printemps, répéter au fond des bois, d'une voix sonore, son chant monotone : *cou, cou*. Il est gros comme une tourterelle, son plumage est gris, blanc et brun, à bandes transversales; son bec à peu près droit, indique qu'il fait sa principale nourriture d'insectes, de chenilles et de fruits. Il paraît spécialement chargé par la nature d'écheniller les arbres des forêts; mais c'est son seul mérite. Cet oiseau est lâche, paresseux et ingrat. La mère ne se donne pas la peine de faire un nid; elle place ses œufs un à un dans les couvées étrangères de mésanges ou de fauvettes. Dès que le petit est né, ses mauvais instincts se manifestent : pour avoir plus grosse part de chenilles ou de vers, il précipite du nid, un à un, tous ses petits compagnons, et l'abominable bête ne craint pas d'occuper seul à le servir et à le gorger, les pauvres oiseaux dont il a détruit la couvée. Cependant, je le répète, le coucou rend des services, et on a cru devoir le classer parmi les oiseaux à conserver.

Ce que je dis de lui s'applique du reste à tous les autres de cette série. Aucun n'offre l'intérêt que présentent les becs fins, gracieux troubadours des bois, ni même les gros becs, avec leur mine pétulante et effrontée : tous ont à se reprocher une vie de brigandage dont l'agriculteur et la première victime. Mais il importe de savoir qu'à côté d'un méfait, ils rendent des services, quelquefois de très grands en détruisant d'autres espèces plus fécondes et parfois plus nuisibles qu'eux-mêmes, et ce n'est qu'après avoir scrupuleusement pesé dans la balance leurs qualités et leurs défauts, qu'on pourra prononcer sur leur compte.

Dans aucun cas, il n'est permis d'employer, pour les détruire, des supplices cruels ou des chasses qui entraînent une longue agonie; car il ne faut jamais oublier que l'oiseau ne raisonne pas ses actes suivant les principes de notre morale, et que même dans ce que nous regardons comme ses plus mauvaises actions, il ne fait qu'obéir à son instinct.

LES REPTILES

Le Crapeau. — La Grenouille. — Le Lézard. — La Salamandre. — La Couleuvre. — L'Orvet. — La Vipère. — Les Limaces et Limaçons.

Après plusieurs semaines de sécheresse, il était tombé une pluie abondante qui avait duré tout le jour. Vers le soir, à l'heure où les écoliers sortent de classe, le temps s'étant un peu remis, le plus jeune des neveux de M. Pyrmil vint à lui, toujours courant, et l'entraîna sur la place de l'église pour lui montrer un spectacle inattendu. Des centaines de petits crapauds, gros comme une abeille, sautillaient sur le sable humide, au grand ébahissement des enfants du village. — C'est un nuage de crapaud qui a crevé, disait l'un. — Il faut tuer ces vilaines bêtes, ajoutait l'autre; elles nous lanceraient du venin à la figure. — Est-ce vrai, mon oncle? demanda Louis.

— Mes chers enfants, répondit le bon abbé, la laideur est une présomption, et c'est pour cela que les êtres dont la taille est difforme et la laideur exagérée, sont un objet de réprobation. Je vous ai parlé de la chauve-souris, autrefois, puisque

(119)

l'occasion s'en présente, je vais aujourd'hui **vous parler des** reptiles, en commençant par le crapaud.

LE CRAPAUD.

Vous connaissez tous cet animal disgracié. Il existe des crapauds de diverses couleurs, mais leur robe est toujours sombre, visqueuse, verruqueuse et repoussante. Ils naissent d'un œuf gros comme une lentille, que la mère dépose par chapelets dans les lieux humides. De l'œuf sort un têtard, c'est-à-dire un de ces petits êtres à grosse tête et à longue queue, qu'on voit nager par milliers dans les fontaines et dans les mares. Ce n'est que par une suite de transformation qu'ils perdent leur queue, acquièrent des pattes, et deviennent propres à vivre dans un autre milieu que l'eau. Il va sans dire que ces transformations ne peuvent s'opérer dans les nuages, et que l'œuf du crapaud est trop lourd pour être emporté par les vents.

Il a été constaté que cet animal renferme un poison violent, contenu dans des espèces de gros boutons qu'il a sur le dos. Introduit par un expérimentateur sous l'aile d'un oiseau et sous la peau d'un chien, le liquide en question ne tarda pas à les faire périr. Mais l'animal n'a pas la propriété de lancer ce venin; ce qu'il lance, c'est son urine fort dégoûtante, mais pas bien dangereuse. Comprenez par cette explication qu'il ne faut pas toucher cet animal et jouer avec lui, mais il rend des services qui doivent empêcher de le détruire. On s'est assuré que non seulement il ne touche jamais aux légumes et aux fruits, mais qu'il les protége au contraire, en faisant une guerre nocturne, acharnée aux limaces, aux cloportes et aux vers de toute espèce ; en sorte que les jardiniers, qui autrefois lui faisaient la guerre, le regardent en certains pays comme un ami, et l'achètent à prix d'argent pour le placer dans leurs cultures.

LES GRENOUILLES.

Les grenouilles sont moins laides que les crapauds, et se multiplient de la même manière. Nous en avons en France plusieurs variétés : la *grenouille verte*, la *grenouille rousse* et la *rainette*. A l'exception de cette dernière, qui habite les buissons et monte quelquefois sur les arbustes pour y chercher sa proie, les autres variétés vivent au bord des mares et des étangs, où elles trouvent une abondante moisson de petits insectes dont elles se nourrissent. Les grenouilles ne peuvent nuire qu'à notre sommeil. On leur fait dans certains pays une chasse très suivie pour les manger. C'est surtout en Belgique que cette industrie s'est développée. On en expédie de Vance en France jusqu'à 50,000 par jour. La chair est délicate, mais la manière de traiter le gibier est tout à fait barbare. On lui coupe les cuisses qui seules sont comestibles, et l'on jette le reste. Il y aurait pitié à les tuer avant de les mutiler ainsi.

LES LÉZARDS.

Les petits lézards gris ou verts que l'on voit courir au soleil, les uns sur les murailles, les autres dans les buissons,

doivent être rangés, comme les grenouilles, parmi les
auxiliaires. Ils mordent bien quelquefois au nez les chiens
trop curieux et aux doigts les enfants indiscrets, mais cette
morsure est peu sérieuse. Par contre, ils font une chasse très
fructueuse aux mouches et moucherons qui passent à leur
portée, et aux vers qui dévorent nos fruits.

LES SALAMANDRES.

Je n'en dirai pas autant des salamandres, surtout de la
variété noire et jaune qui habite les caves humides. Son
aspect encore plus repoussant que celui du crapaud, m'a toujours inspiré une profonde répulsion, et j'ai entendu raconter
sur son compte des traits qui me la rendent suspecte. Deux
de mes paroissiens sont morts pour avoir bu de la piquette
dans laquelle était tombée une de ces vilaines bêtes : enfin,
sans la condamner absolument, je vous engage à vous en
méfier.

LES COULEUVRES.

Vous ne trouverez pas non plus en moi un panégyriste des
couleuvres, ces grands serpents à robe jaune, ornée suivant
les variétés, de bleu, de noir et de gris. Je sais bien que la
morsure des couleuvres n'est pas dangereuse comme celle de
la vipère, mais il en existe dans nos pays une variété qui ressemble à s'y méprendre à cette dernière, et quand on est
surpris par la rencontre inopinée d'un serpent, on n'a guère

le temps d'étudier les signes particuliers de sa race avant de se mettre en garde.

il est vrai que les couleuvres détruisent quelques insectes pour se nourrir des larves, des scarabées, des mulots, mais à côté de cela, elles font une guerre acharnée aux nids d'oiseaux, grimpent sur les arbustes en s'enroulant autour, perforent les œufs de grives, de loriots, de fauvettes, de rossignols, de linots, de chardonnerets, et dévorent les petits nouvellement éclos. On les accuse non sans raison d'exercer une sorte de fascination sur les oisillons inexpérimentés. Voici ce qu'en dit un de nos spirituels écrivains :

« La scène se passe au sein d'un riant vallon, vers la saint Jean d'été, au temps où tous les oisillons de la première ponte sont sortis de leurs nids. Le soleil a fini de boire les larmes de l'aurore au calice des fleurs, l'air est plein de joyeux ramages et de suaves senteurs, et tous les êtres heureux de vivre, semblent oublier que cette misérable terre n'est qu'une vallée de deuil.

» L'aspic sort de son trou à cette heure charmante, et gagne lentement sa place favorite à travers les fougères et les ronces épineuses. C'est un léger coin de terre meuble, récemment émergé du sol, à la suite des travaux souterrains de la taupe, et gisant à mi-pente du fossé rempli d'herbes sèches qui sépare le bois des cultures. Le poste, bien abrité du nord, largement ouvert au midi, commande tous les lieux d'alentour. On y est parfaitement placé pour voir tout ce qui rampe, ou trottine, ou voltige, à dix mètres à la ronde. L'aspic cauteleux s'y installe et s'y loge en silence, y dresse sa batterie et la charge. Si vous n'étiez qu'à quelques pieds de lui, vous distingueriez facilement le jeu de sa langue mobile ; une langue noire et fourchue, et qui perpétuellement dardille dans l'espace comme pour le saturer d'effluves vénéfiques. Malheur, dès ce moment à l'imprudente pécore, oiselet, grenouille ou mulot qui passera la première sous les feux de la place

» La mauvaise chance est advenue à un pauvre petit rossignol, sorti de nourrice depuis huit jours à peine, et trop jeune encore pour savoir les périls cachés sous les fleurs. L'amour du ver l'avait attiré en ces lieux, et comme ses regards étaient dirigés vers le sol, en quête de sa proie habituelle, ils se sont rencontrés soudain avec ceux du reptile, et le choc magnétique a eu lieu. Et la secousse était si forte, et la double bordée du fluide fascinateur a porté si en plein dans les œuvres vives de l'oiselet, que la frêle créature a été soudain anéantie, stupéfiée, foudroyée. Elle se débat et palpite d'abord comme atteinte d'un coup de feu, et toute prête à choir; puis, rappelle ses sens et l'horripilation, chez elle, succède à la stupeur. Un frisson convulsif agite sa membrure; sa plume se hérisse, sa tête se renverse en arrière, ses pupilles que dilate la peur, et que brûle la réverbération du miroir ardent du reptile, ne distinguent plus les objets; mais les révélations de sa sensibilité tactile, lui apprennent assez qu'elle est en ce moment aux prises avec l'ennemi de sa race, un ennemi acharné, mortel, affamé de sa chair. Elle le reconnaît, elle le sent qui l'aspire, qui l'endort de ses passes, qui l'enlace, l'étreint de ses palpes invisibles, et l'entraîne vers le gouffre avide. Et vainement tous les ressorts de sa vitalité se tendent pour conjurer l'action de la jettature infernale. Vainement elle fait effort pour secouer la vision horrible et se rejeter d'un bond par delà le courant de l'effluve maudite. Ses muscles indociles refusent de partir comme les fusils des rêves; elle reste emprisonnée dans le cercle fatal. Alors elle essaie de protester une dernière fois contre la cruauté du sort, et d'adresser aux siens un suprême appel de détresse. Mais ses tentatives désespérées n'aboutissent qu'à produire un son rauque, inarticulé, étouffé, dont l'intonation

lamentable ne sort plus de l'oreille humaine où elle est entrée
une fois.

C'est qu'un autre vouloir plus puissant que le sien s'est en
effet en paré de son cerveau, et dirige désormais ses actes. C'est
pour cela qu'elle n'essaie plus de lutter contre la fascination
de l'abîme, mais semble y céder au contraire. Regardez-la qui
s'élance vers sa fin par mouvements saccadés, fébriles, de plus
en plus rapides. Elle a franchi d'un bond la dernière dis'ance
qui la séparait du foyer d'attraction mortelle ; elle se jette plutôt qu'elle ne tombe dans le gouffre effroyable qui s'ouvre pour
la dévorer.

Le jettator, trop sûr de la portée de ses traits, et de la doci-
lité de ses victimes, n'a pas même déroulé un seul de ses anneaux pour se rapprocher d'elle. Néanmoins, à mesure que
celle-ci descendait les gradins de son supplice, sa tête, à lui,
s'est détachée du sol, s'est dressée imperceptib'ement. Son col
s'est soufflé, s'est gonflé jusqu'à prendre les dimensions d'un
goître monstrueux. Sa mâchoire inférieure, tissue en caoutchouc,
a subi une dilatation analogue. Puis tout à coup cette gueule
pointue, triangulaire, étroite, s'est ouverte de dix fois sa lar-
geur habituelle, ouverte jusqu'au rouge des entrailles, pour re-
cevoir sa proie, l'a reçue, l'a happée, l'a noyée dans les flots
d'une bave immonde. Après quoi, l'ogre l'a bue toute vive
et toute frémissante, lentement à petites gorgées. (Toussenel :
Tristia).

L'ORVET.

L'orvet est un petit serpent à écailles très lisses et luisantes,
dont le dos est jaune avec un filet noir et le ventre brun. Il
n'a pas de cou et sa bouche est très petit'. On le rencontre
dans les prairies à la saison des foins ; il vit d'insectes. Je ne
le crois ni bien utile ni bien dangereux.

LA VIPÈRE.

La vipère est le plus terrible des serpents de France. Sa taille est moindre que celle de la couleuvre, la tête est plus aplatie, la queue plus grosse et plus courte, la robe est d'un brun roussâtre avec une bande d'écailles noires en zigzag. Elle naît au printemps d'un œuf qui éclôt, dit-on, dans le ventre de la mère. Elle vit de chasse : son ordinaire se compose, comme celui de la couleuvre, d'insectes, d'œufs, de mulots et de petits oiseaux. « Comme elle est très lente, et ne se remue point avec l'agilité des autres serpents, la nature lui a donné des armes terribles pour pouvoir s'emparer de sa proie. Ce sont deux crochets ou dents mobiles comme la griffe d'un chat, placées de chaque côté de la mâchoire et creusées d'un canal qui communique avec une vésicule remplie d'une liqueur empoisonnée. Quand l'animal est en colère, il redresse ses dents, et par l'effort qu'il fait pour mordre, la vésicule se vide dans le canal, et le poison s'insinue directement dans la plaie.

» Posée sur des feuilles mortes, sur la mousse ou sur le sable réchauffé au soleil, la vipère roule son corps en cercle et lève sa tête, dardant autour d'elle un œil enflammé pour voir venir sa proie. Là, elle attend avec patience qu'une grenouille, un rat, ou un petit oiseau vienne à passer à sa portée, alors elle lance sa tête sur l'animal avec vivacité, le mord et le laisse fuir; mais bientôt le venin terrible qu'elle a insinué dans ses veines produit son effet; l'animal chancelant se traîne à quelques pas et expire. La vipère qui ne l'a pas perdu de vue pendant son agonie, le suit, l'atteint et l'avale, tandis qu'il est dans ses dernières convulsions.

» Si par malheur, pendant que le reptile est au guet, vient à passer près de lui un homme ou un gros animal, il n'est pas rare que tournant au lieu de fuir, ses armes contre celui

qui la dérange, la vipère l'attaque et le mord : cet accident
est encore plus fréquent quand, en passant, on vient à mettre
le pied sur le reptile. » (Dr. Des Vaulx, *les animaux nuisibles*).
Soudain la bête se déroule, se débande avec la brusquerie d'un
ressort, et de sa gueule largement ouverte, vous frappe à la
main. C'est l'affaire d'un clin d'œil. Avec la même rapidité, la
vipère replie sa spirale, et se retire, continuant à vous mena-
cer de sa tête, placée au centre de l'enroulement. Vous n'at-
tendez pas une seconde attaque, vous fuyez; mais hélas! le
mal est fait sur la main blessée, deux petits points rouges se
voient presque insignifiants, vraies piqûres d'aiguilles. Ce
n'est pas bien alarmant! mais voici que les points rouges s'entourent d'un cercle livide avec de sourdes douleurs, la main
s'enfle, et de proche en proche le bras. Bientôt des sueurs
froides et des nausées surviennent; la respiration se fait pénible, la vue se trouble, l'intelligence s'engourdit, et souvent
la mort arrive, quelques soins qu'on ait pris pour les conjurer. (H. Fabre, *les ravageurs.*)

LES LIMAÇONS.

Les limaces et limaçons forment une nombreuse famille
d'animaux invertébrés dont je vais parler ici dans la crainte
de ne pas trouver leur place ailleurs. Tous ces animaux ne
méritent pour le cultivateur qu'un médiocre intérêt, à cause
des dommages qu'ils causent.

Les *limaçons* ont une coquille : leurs variétés sont très nombreuses. Vous connaissez parmi les plus fréquentes, *l'escargot
gris* de vignes, et *l'escargot jaune* des jardins. Ces animaux
vivent dans les haies, les vignes, les jardins et les cultures.
Ils chassent surtout la nuit, et disparaissent pendant l'hiver
sous les pierres et les racines. Dans certains pays on les
ramasse pour les manger : dans d'autres on se contente de les

écraser pour en débarrasser les légumes dont ils dévorent avidement les jeunes feuilles. Ils sont également avides des fruits.

Les *limaces* sont encore plus désagréables, et plus à craindre que les limaçons, parce qu'elles envahissent non seulement le jardin, mais les champs, et qu'on rencontre leurs tra-
ces gluantes jusque dans nos caves et nos cuisines. Il en existe
trois espèces principales, les *grises*, les *jaunes* et les *noires* qui
atteignent la taille d'un gros salsifis. Ces vilaines bêtes sont
très avides, et mangent en une nuit toute une récolte de fraises ou une planche de laitues nouvelles. Les jardins où elles
ont élu domicile sont très difficiles à en débarrasser. Elles y
pondent, entre les pierres, des centaines d'œufs qui éclosent
très promptement, et commencent aussitôt à manger. L'hiver
elles se terrent comme les limaçons, et restent pliées en boule,
dans un véritable sommeil léthargique. Je ne connais pas de
meilleur moyen pour les détruire que de lâcher à leur poursuite un troupeau de dindons.

LES INSECTES UTILES

Vers à soie. — Abeilles. — Carabes. — Fourmis.

Un des confrères de l'abbé Pyrmil, le vieux curé de Luchapt, avait invité nos jeunes amis à venir pêcher des écrevisses qui sont très abondantes aux sources de la Bloue. Ils y allèrent avec tous les engins nécessaires à ce divertissement, et firent une ample récolte qui les amusa beaucoup. Mais le bon curé leur ménageait une autre surprise. Il avait dans son jardin quelques plants d'ailante ; et pour en utiliser les feuilles, il s'était procuré des œufs de vers à soie qui venaient d'éclore, et dont les larves mangeaient à qui mieux mieux les feuilles de l'arbuste, disposées à cet effet sur des claies d'osier, à l'abri des oiseaux.

Le petit André, qui prenait à l'histoire naturelle un goût tout à fait extraordinaire, ouvrait des yeux si éblouis et si pleins d'admiration à la vue de cette multitude dévorante, que le curé s'empressa de partager avec lui son troupeau. On prit un grand panier que l'on remplit de feuilles et de vers, et André revint à Milhac aussi fier de son trésor que ses frères de leur abondante capture.

L'oncle, qui était probablement pour quelque chose dans toute cette aventure, profita de l'occasion pour faire à ses élèves une petite leçon sur les insectes et sur la distinction entre ceux qui sont utiles et ceux qui ne nous causent que des dégâts.

LE VER A SOIE.

Pour commencer, leur dit-il, par celui que vous avez entre les mains, le ver à soie, ou pour mieux dire les différentes variétés de cette espèce, sont pour l'Inde, la Chine, le Japon, l'Italie, et une partie de la France, la source d'un commerce considérable qui fait vivre des milliers d'ouvriers, et dont le résultat est la confection de ces belles étoffes, de ces soies, de ces rubans, de ces velours admirables qui sont l'apanage du luxe et de la fortune. Aussi l'élève, ou pour parler comme les provençaux, la culture du ver à soie est-elle entourée de soins extrêmes, et les œufs de cet insecte, qu'on nomme généralement graine, se vendent-ils au poids de l'or.

Les vers à soie ne vivent pas indifféremment des feuilles de tous les arbres. On connaissait depuis longtemps le ver à soie du mûrier. Ceux de l'ailante, du ricin et du chêne sont d'importation plus récente dans nos contrées, et n'ont pas encore été l'objet de cultures très étendues, quoiqu'ils soient moins délicats que le premier et qu'ils vivent en plein air, tandis que notre climat ne permet d'élever le ver du mûrier que dans les établissements spéciaux, constamment chauffés, que l'on nomme magnaneries.

Comme tous les insectes à métamorphoses complètes, le ver à soie passe successivement par quatre états : *œuf, chenille, chrysalide et papillon.* A l'époque où les feuilles du mûrier deviennent abondantes, le soleil ou la chaleur artificielle font éclore les œufs d'où s'échappe une petite chenille grisâtre et sans beauté. A peine née, la petite bête se met à ronger les feuilles à sa portée, et à mesure qu'elle mange elle profite, c'est toute son occupation. Cela dure cinq ou six semaines. L'appétit cesse tout à coup. Les éleveurs disposent alors de la ramée de bruyère, ou montent les vers un à un; aussitôt un fin fil de soie sort de leurs lèvres, et ils se mettent à filer chacun un cocon, gros comme un œuf de pigeon, dans lequel ils s'enferment à mesure que l'œuvre avance, et disparaissent bientôt. C'est là que se passe la période du chrysalide qui dure vingt jours. Au bout de ce temps le cocon se fend, et de sa coque s'échappe le papillon, gros, ventru, sans couleur, qui n'en est rien comparable à ceux qui peuplent nos jardins, mais qui est infiniment plus utile, puisqu'il se met aussitôt à pondre la graine qui contient l'espoir de la prochaine récolte, et à peine son œuvre terminée, se laisse mourir.

Je n'ai pas besoin de recommander cet insecte à votre sympathie : il ne vient à la pensée de personne de le tourmenter. Il faut seulement lui donner une abondante nourriture pendant sa vie, et le mettre à l'abri des oiseaux.

LES ABEILLES.

Moins heureuses sont les abeilles, quoiqu'elles nous fournissent aussi un produit précieux dans le miel qu'elles distillent chaque année.

Ces admirables insectes vivent très bien sans l'assistance de l'homme, et ont mille moyens ingénieux pour se défendre de leurs ennemis. On les trouve à l'état sauvage dans les troncs d'arbres creux, et dans certaines anfractuosités de rochers. Celles qui se rallient à nous vivent dans des petits édifices de diverses formes qui portent le nom de *ruches*, et dont la principale qualité est de mettre celles qui l'habitent à l'abri du froid par une bonne exposition, et de ses ennemis à l'aide d'une entrée très petite et d un support disposé convenablement.

Une bonne ruche ne doit pas contenir moins de 10,000 à 15,000 abeilles, obéissant à une seule reine ou mère, pour parler plus exactement. La fonction principale de la reine est de pondre des œufs dans de petites cellules de cire préparées par les autres abeilles. Elle en pond plusieurs milliers pendant le cours du printemps. De chacun de ces œufs sort un petit ver que les abeilles alimentent avec soin pendant cinq jours, après quoi elles bouchent sa cellule pour lui permettre d'opérer ses métamorphoses. Huit jours de solitude suffisent à celui-ci pour se transformer en abeilles ; l'abeille qui vient de naître se hâte de briser sa prison pour sécher au soleil ses jeunes ailes, et se met aussitôt à partager les travaux de ses compagnes.

Outre les œufs destinés à donner naissance à des abeilles ouvrières, la mère en pond encore un petit nombre qui doivent produire de jeunes reines. Ces œufs sont déposés dans des cellules plus vastes, nourris d'une alimentation particulière ; et quand les nymphes ont pris des ailes, au lieu de les laisser sortir, les ouvrières les tiennent prisonnières dans leurs cellules, parce que dans une ruche l'autorité ne doit pas être partagée.

On sait que, dès le grand matin, les abeilles se répandent dans la campagne pour butiner sur les fleurs à l'aide de leurs petites trompes. La matière sucrée se change en *miel* dans leur estomac ; et elles entassent ce produit dans les cellules, des gâteaux de cire, qu'elles ont préalablement construits et dis-

posés à cet effet. Le travail est si bien distribué dans leur république, que jamais il n'y survient ni discorde, ni perte de
temps.

Quand la population de la ruche devient trop nombreuse,
les abeilles songent à établir une colonie, c'est ce qu'on appelle
l'*essaimage*. Cette grande résolution est généralement prise vers
le milieu de mai. C'est la vieille reine elle-même qui dirige
les émigrants. Ils vont se poser en quelque endroit où les
chasseurs d'abeilles savent les suivre et les prendre pour en
former une nouvelle ruche. Pendant ce temps, les ouvrières
restées au logis donnent la liberté à une jeune reine qui entre
aussitôt en fonction. Si la population est encore trop considérable, celle-ci ne tarde pas à emmener une nouvelle colonie,
et une seconde prisonnière est délivrée pour lui succéder; mais
si le nombre des ouvrières ne dépasse pas les ressources de
l'état, la nouvelle souveraine, d'après une loi que nous trou-
vons même chez certains peuples, s'empresse d'ôter la vie à
toutes ses rivales et les immole de son propre dard.

Chaque ruche produit non-seulement le miel nécessaire à la
nourriture de la colonie, mais l'éleveur d'abeilles peut encore
en distraire environ 10 kilogrammes et un kilogramme de cire.
C'est un revenu de 20 fr. environ. Il ne faut pas un grand ru-
cher pour en obtenir dix ou douze louis par an. Comme cette
industrie ne demande aucun frais aux villageois qui l'exercent,
ce serait déjà un joli résultat. Je me hâte de dire que ce n'est
pas le seul. En picorant sur les fleurs, elles distribuent les
poussières fécondantes des étamines et assurent la formation
du fruit. Un savant croit pouvoir affirmer que l'avantage qu'en
retire l'agriculture est de beaucoup supérieur au profit du
miel et de la cire.

Quant aux soins que réclament ces insectes, ils sont assez peu
nombreux ; ils consistent principalement à mettre les ruches
à l'abri des intempéries et à veiller à ce que la nourriture soit

suffisante pour les hivers rigoureux. Les abeilles naturellement peu endurantes s'accoutument très bien aux personnes
qu'elles ont habitude de voir, et ne se défendent avec leurs
aiguillons que quand elles se croient attaquées. Plus vous
grandirez, mes enfants, plus vous aimerez à lire et à expéri-
menter tout ce qui se rapporte à ces précieux insectes.

LES JARDINIÈRES.

Je veux appeler votre attention sur un autre insecte très
commun dans nos jardins, et qu'on écrase souvent en le con-
fondant avec les ennemis du potager. C'est la *Carabe doré* ou
jardinière, gros coléoptère, presqu'aussi volumineux, mais plus
allongé que le hanneton, et dont les fortes mandibules font
une guerre à outrance à la plupart des autres insectes. Le
dessus de son corps est d'un vert métallique avec les reflets
de l'or, le dessous est noirâtre. « Le carabe court rapidement
sur ses longues jambes. Mais il ne peut voler. Il se nourrit de
proie vivante, limaces, escargots, vers de terre, chenilles,
qu'il cherche dans tous les coins et recoins, et qu'il éventre
pour se repaître de l'intérieur. » Ce destructeur de nos ennemis ne fait aucun mal aux plantes, il poursuit son gibier sans
toucher aux fruits ou aux feuilles, je vous recommande de le
ménager quand vous le rencontrerez sous vos pas.

LES FOURMIS.

Enfin, je termine par un mot sur les fourmis qui si souvent
nous impatientent, et dont le voisinage redouté est poursuivi
par les ménagères à l'aide des engins les plus cruels : eau
bouillante, boissons empoisonnées, etc.; ces insectes ont cependant du bon et souvent ils nous rendent des services qui
méritent d'être pris en considération, et plaident en leur
faveur aux yeux des gens sensés. En voici un trait que j'emprunte aux journaux et que tout le monde peut vérifier :

« Des choux étaient dévorés par des quantités considérables de chenilles, qui se renouvelaient sans cesse. Le propriétaire, ne sachant que faire pour se débarrasser de ces insectes, eut l'idée d'envoyer chercher une de ces fourmilières que l'on trouve souvent dans les bois de sapins, et qui logent dans des tas d'aiguilles tombées de ces conifères. On lui apporta un plein sac de fourmis qu'il jeta au pied des choux attaqués. Immédiatement ces fourmis se mirent à l'œuvre; chacune d'elles prit une chenille par la tête et ne la lâcha plus; les autres chenilles disparurent pour ne plus revenir, comme si elles avaient eu l'instinct du danger qui les menaçait. Le lendemain, il ne restait plus aucun de ces insectes dans les choux, et au bas des murs du jardin on voyait des tas de chenilles mourantes. »

Les forestiers allemands protègent les fourmis, car ils savent bien que ces petits animaux rendent des services. Les œufs des fourmis sont d'ailleurs très recherchés pour la nourriture des petits faisans, des perdreaux, des rossignols, et, malgré cela, il est défendu, sous peine d'amende, de prendre des fourmilières dans les forêts. Il ne faut pas perdre de vue que la fourmi est infatigable pour chercher sa proie; elle monte jusqu'à la cime des arbres et détruit une très grande quantité d'insectes nuisibles. Voilà bien la preuve que tout a son utilité dans la nature. Avis donc aux habitants des campagnes qui font aux fourmis une guerre impitoyable. (*Bulletin français.*)

LES INSECTES NUISIBLES

Courtillières. — Hannetons. — Sauterelles. — Chenilles des jardins. — Chenilles
des arbres forestiers. — Insectes destructeurs des moissons. — Insectes
ravageurs de la vigne. — Insectes qui
s'attaquent à l'homme.

Depuis que l'abbé Pyrmil avait ses neveux, il faisait lui-
même son jardin. C'était une dépense de moins, et quand le
budget est modeste, il n'y a pas, disait-il avec raison, de
petite économie. Alexandre, l'aîné des enfants, l'aidait avec
ardeur dans ce travail et tous les autres y prenaient intérêt,
chacun selon son âge. Jamais le jardin n'avait été si bien
tenu : et le bon abbé ne manquait point, quand l'occasion
s'en présentait, de faire rejaillir toute la gloire de cette transformation sur son neveu.

Cependant Alexandre était soucieux. On le voyait se pro-
mener lentement le long des allées, se baisser, examiner,
prendre son arrosoir, et humecter vainement des plantes qui
n'en continuaient pas moins à se flétrir de jour en jour. Le
bon oncle l'observa d'abord sans rien dire ; enfin, un soir
rassemblant son petit auditoire sous une tonnelle de chèvre-
feuille, il prit la parole en ces termes :

« Il existe, mes enfants, comme je vous l'ai dit, un très
petit nombre d'insectes, dont l'homme puisse tirer quelque
parti. En revanche, ceux qui vivent aux dépens de nos végétaux les plus précieux, sont au nombre de plusieurs mille. Les
uns dévorent la racine des blés à leur sortie de terre, d'autres
vont les attaquer dans les greniers; ceux-ci font périr la
vigne, ceux-là arrêtent le développement des raisins, un grand
nombre se précipitent sur les fruits avant même leur maturité;
beaucoup s'attaquent à nos légumes, en coupent les racines,
ou s'insinuent dans les graines, dont ils ne nous laissent que
l'enveloppe; enfin il n'est pas jusqu'aux arbres les plus robustes qui ne succombent sous les dents de ces ennemis
innombrables.

» Si considérables que soient ces ravages, on s'étonne qu'ils
ne le soient pas davantage encore, quand on considère la
prodigieuse fécondité dont sont douées les espèces malfaisantes. (*Rapport au sénat de M. Bonjean*). Le hanneton pond
de 70 à 100 œufs, bientôt transformés en autant de vers blancs
qui, pendant une ou deux années, vivent exclusivement aux
dépens des racines de nos végétaux les plus précieux. Le
charançon produit de 70 à 90 œufs, qui, déposés dans autant
de grains de blé, se développent en larves, avides d'en dévorer le contenu. La pyrale pond de 100 à 130 œufs déposés
dans autant de bourgeons à grappe, et qui à leur développement auront détruit cent trente grappes de raisin. Enfin, disait
Linné, le célèbre naturaliste, pour donner une idée de la prodigieuse rapidité des générations d'insectes, que l'on mette
trois mouches sur le cadavre d'un cheval, et elles l'auront
consommé aussi vite que pourrait faire un lion.

» Contre de tels ennemis l'homme est frappé d'impuissance.
Son génie peut mesurer le cours des astres, percer les montagnes, faire marcher un navire contre la tempête, tuer les
monstres des forêts, mais devant ces myriades d'insectes, qui

de tous les points de l'horizon viennent s'abattre sur ses
champs cultivés avec tant de sueurs, sa force n'est que fai-
blesse, son œil n'est pas assez perçant pour apercevoir seulement la plupart d'entre eux, sa main est trop lente pour les
frapper ; et d'ailleurs quand il les écraserait par millions, ils
renaissent par milliards. D'en haut, d'en bas, à droite, à gau-
che, leurs innombrables légions se succèdent et se relayent
sans trève ni repos.

» Dans cette indestructible armée qui marche à la con-
quête de l'œuvre de l'homme, chacun a son mois, son jour, sa
saison, son arbre, sa plante. Chacun connaît son poste de
combat et nul ne s'y trompe jamais. Dès le commencement
des âges, l'homme eût succombé dans cette lutte inégale si
Dieu, en lui donnant l'oiseau pour auxiliaire, n'y eût pourvu
par des moyens dignes de sa sagesse. » (*Rapport au sénat déjà
cité*)

Il n'entre point dans ma pensée, mes chers enfants, de vous
faire connaître chacun de ces ennemis. Dieu les a désignés un
à un aux oiseaux, vos auxiliaires ; mais prétendre vous les
décrire, ce serait vouloir vous faire suivre un cours presque
complet d'entomologie. Je me contenterai de vous indiquer les
principaux ; et nous allons commencer par celui qui me semble
avoir causé tout le chagrin de notre pauvre Alexandre, en
faisant périr ses salades et ses fraisiers.

LA COURTILLIÈRE.

Ce gros insecte, qu'on nomme également *Taupe grillon*, mesure quatre ou cinq centimètres de long ; il a la grosseur du
petit doigt, et une couleur uniformément brune. Son nom lui
vient de la forme de ses pattes de devant qui sont étalées en
p lette comme celle de la taupe. Quoique la courtillière ait
deux paires d'ailes, elle s'en sert rarement et vit dans la **terre**

où elle creuse des galeries à 15 centimètres de profondeur,
tronquant sur son chemin les racines avec la scie de ses pattes,
et les rongeant pour s'en nourrir. La pauvre plante alors
n'ayant plus de racines pour pomper les sucs de la terre,
s'étiole et meurt en peu de jours, quelques soins que le jar-
dinier puisse lui donner. Cette bête est d'une fécondité extrême.
Elle pond, dans un trou profond et maçonné, trois ou quatre
cents œufs, qui bientôt donnent naissance à autant de petits
monstres de la taille d'une fourmi dont l'appétit ne connaît
aucune bornes. Les ravages de ces insectes dans les jardins et les
champs de blé, viennent moins de ce qu'ils mangent que de ce
qu'ils détruisent, car leur principale nourriture consiste en
insectes et larves d'autres espèces ; mais si on la laissait four-
rager à loisir, une famille de courtillières suffirait pour détruire
un jardin. Un moyen assez simple de s'en débarrasser a été
indiqué en 1847 par un notaire de Saverne : il consiste à
arroser les semis avec de l'eau de lavure grasse. Une ou deux
nichés de moineaux se chargent de les faire disparaître d'une
manière encore plus certaine.

LE HANNETON.

Malgré son air bonasse et sa démarche lourde, le hanneton
est un des plus redoutables ennemis de l'homme. On se débar-
rasserait plus facilement d'un loup que de cette engeance. « Le
nombre qui s'en développe chaque année est tel qu'en 1857 le
roi ayant ordonné la destruction des hannetons dans son
domaine de Neuilly, 1,700 boisseaux de ces insectes furent

ramassés dans cette seule propriété : or, chaque boisseau en
contient environ 4,500. Mais quel que soit les dégâts qu'ils
commettent pendant les quinze jours de leur existence aérienne,
la perte pour le cultivateur n'est rien en comparaison de
celles qu'ils occasionnent pendant le reste de leur vie. »

Chaque femelle, à l'époque de la ponte, creuse en terre un
trou à la profondeur de 30 centimètres environ, et y dépose
une centaine d'œufs. L'incubation confiée au soleil dure environ quatre semaines : les œufs éclosent en juillet et au mois
d'août, les larves ont déjà assez de force pour attaquer les
racines. Ces larves sont connues sous le nom de *vers blancs*,
mans, *tures*, « elles atteignent la grosseur du petit doigt et
vivent quatre mois sans changer d'état. Si l'on ajoute à ce
chiffre huit mois qu'elles passent à l'état de chrysalides avant
d'acquérir leurs ailes, trois mois de vie à l'état parfait, et un
mois pour l'incubation des œufs, on a un total de trente-six
mois répartis sur quatre années. »

Aussi donc, pendant deux étés et deux hivers, tous nos
guerets et nos prairies sont livrés à ces vers gloutons, auxquels
tout fait ventre depuis les racines des fraisiers et des salades,
jusqu'aux arbustes des pépinières. Les blés, les pommes de
terre, les betteraves, les colzas, les choux, les haricots, les
melons, rien n'est épargné. « Dans le département de la
Seine-Inférieure on a pu constater en moyenne la présence de
vingt-trois mans par mètre carré, ce qui fait 250,000 par
hectare contenant 100,000 pieds de betteraves. A ce compte,
chaque racine était rongée par deux vers au moins. En admet-
tant 80,000 pieds de colza par hectare, à chaque pied trois
vers étaient attablés. Il est bien entendu que dans ces conditions désespérantes, le colza ne fait plus d'huile et la betterave
de sucre : tout périt avant l'heure. Dans la seule année 1866
la Seine-Inférieure perdit de la sorte pour 25,000,000 de
récoltes. » (H. FAVRE, *les ravageurs*.)

C'est en vain que pour se débarrasser de ces terribles hôtes on fait suivre les charrues qui tournent la terre par des femmes et des enfants. On a vu un hectare de terrain en donner ainsi jusqu'à 200 kilogrammes, et qu'est-ce qu'un hectare pour la surface de la France? C'est en vain que l'on donne des primes pour faire la chasse aux hannetons, et que dans plusieurs localités, au Havre par exemple, on les jette à la mer par pleins tombereaux? Contre cette vermine sans cesse renaissante, il n'y a qu'un seul remède efficace : c'est le bec des oiseaux et la dent des petits rongeurs. C'est la vigilance sans cesse éveillée des corneilles, des poules, des dindons, des taupes, des musaraignes, des pies et des pies-g ièches, c'est en un mot la protection et la multiplication de tous les insectivores.

SAUTERELLES

Nous ne connaissons en France que trois espèces de sauterelles : Les *Locustes* gris ou rouges, les *Sauterelles vertes* et les *Cigales;* mais il en existe un grand nombre d'autres espèces, entre autres le *Criquet voyageur* qui est extrêmement fécond, et qui partout où il passe répand la désolation et la famine.

Les sauterelles font leur ponte en automne. A l'aide d'une tarière, dont la partie postérieure de leur corps est armée, elles se dressent, et imprimant à tout le corps avec l'aide des ailes un mouvement rapide de rotation, elles parviennent à enfoncer leur abdomen dans le sable où elles pondent de 80 à 150 œufs. Les premiers soleils du printemps font éclore la larve, qui en moins de dix jours se trouve munie d'ailes et prête à voyage..

Chez nous, en temps ordinaire, il ne vient de sauterelles que ce qu'il en faut pour divertir les volailles pendant la belle saison, mais les invasions en sont fréquentes en Afrique, et elles se montrent même parfois dans nos provinces Méridionales. En 1663, au rapport de l'historien Mezerai, il parut une si grande quantité de ces insectes dans les campagnes d'Arles en Provence, qu'en moins de huit heures il rongèrent jusqu'à la racine des herbes et des grains, dans l'espace de plus de quinze mille arpents de terre. Leurs femelles déposèrent une si grande quantité d'œufs qu'on en ramassa trois mille quintaux par ordre des magistrats. On supputa que le nombre de criquets que ces œufs auraient produit aurait été de 550,000,000,000. Ce phénomène s'est renouvelé depuis lors à plusieurs reprises; et, cette année encore, il est venu s'en abattre dans la Nièvre une nuée tellement épaisse, qu'après avoir obscurci le ciel elle couvrait le sol. On peut penser le dégât que font de pareils hôtes en quelques heures. Leurs cadavres empesteraient l'air si des légions d'oiseaux ne s'attachaient à leur poursuite et ne les détruisaient avidement.

CHENILLES DES JARDINS.

Les jardins, les cultures maraîchères, les colzas, etc., ont pour ennemis particuliers un certain nombre de grosses chenilles, qui, après avoir dévoré les tiges et les feuilles, se transforment en papillons brillants. — On cite dans ce nombre les *Piérides* qui sont d'un vert tendre avec trois lignes jaunes le long du dos, et qui donnent naissance à un papillon blanc et noir. Elles s'attaquent de préférence aux choux et aux navets. — Les *Noctuelles* qui sont vertes ou d'un brun clair avec des points blancs, et dont le papillon a les ailes supérieures couleur de rouille et les inférieures d'un blanc sale; elles s'attaquent aux épinards, aux laitues, aux choux, aux

framboisiers, aux da'hias. — Les *Vers gris* qui sont luisants,
d'un vert grisâtre, avec deux rangées de petites verrues noires :
le papillon est fauve à taches noires. Les betteraves n'ont pas
de plus cruel ennemi.

Que vous dirai-je de celles qui vivent particulièrement sur
nos arbres fruitiers. — La *Livrée*, ainsi nommée à cause de
son costume bariolé de raies bleues rousses, noires et blanches,
qui ravage les poiriers, les pommiers, détruit les bourgeons,
dévore les feuilles, et donne naissance à un papillon brun qui
pond des œufs en bracelet autour ces menus rameaux. — Le
Bombix disparate qui est d'un brun noir, avec des tubercules
bleus sur les anneaux et des touffes de poils roux. C'est une
grosse chenille très vorace à laquelle quelques jours suffisent
pour gâter les arbres fruit'ers. Elle donne naissance à un gros
papillon de nuit gris et velu. — Le *Bombix tête bleue*, s'attaque de préférence aux abricotiers, pêchers, amandiers, cerisiers. C'est une chenille d'un blanc cendré, avec trois longues
bandes jaunes, et de petits tubercules noirs surmontés chacun
d'un poil raide. Vers la fin de juin elle s'enferme dans un
cocon fixé à l'arbre où elle a vécu et se transforme en un
papillon à ailes brunes et grises avec la tête bleue. — La
Chrysorrhée est une autre chenille extrêmement commune qui
attaque également les arbres à fruits et ceux des forêts, sans
négliger les plantes potagères et même les haies de clôture.
Elle est d'un brun noir, avec six rangées de tubercules de
même couleur, couronnés chacun d'une aigrette rousse. Sur
son dos sont disposées deux files de taches blanches et de
points rouges. Le papillon qui en provient est entièrement
blanc, sauf l'abdomen qui est brun.

Je pourrais ajouter à cette liste une foule de vers qui n'ont
également d'autres plaisirs que de saccager nos cultures, et
qui à un certain moment se transforment en insectes ailés.
Tels sont *la Bruche* qui attaque les pois, les vesces, les lentil es

et qui en sort sous l'aspect d'un petit charançon noir, après avoir dévoré le contenu. Les *Altises* qui s'attaquent aux colzas et y causent les plus grands ravages; le *ver des cerises* qui devient une mouche noire. — Le *ver des pommes et des poires* qui se transforme en papillon. — Le *ver des noisettes* ou *balanin* qui ressemble à une puce lorsqu'il arrive à l'état parfait, etc., etc.

Un article de la loi prescrit l'échenillage des arbres, afin d'empêcher la trop grande multiplication de ses redoutables ennemis de nos cultures; mais que serait cette précaution, si Dieu n'avait commis au même office plusieurs milliers d'oiseaux qui n'ont pas d'autres nourritures.

CHENILLES DES ARBRES FORESTIERS.

Ces vilaines bêtes forment une tribu non moins nombreuse que la précédente, dont les principales espèces sont : Le *Cossus gâte bois*, l'un des plus redoutables ennemis des forêts, dont la chenille est longue de près d'un décimètre, pansue, colorée en rouge vineux, et hérissée aux flancs de poils raides. Elle attaque de préférence les saules, les chênes, les peupliers, les platanes, les ormes, et pendant trois ans que dure sa vie elle y creuse de profondes galeries, qui finissent par faire périr l'arbre. Son papillon est lourd, énorme, d'un gris cendré, avec les ailes rayées de noir. — Le *Zeuzère*, autre espèce redoutable qui s'attaque aux marronniers, aux blas, aux arbres à bois tendre, et les fait périr en dévorant le cœur. C'est une belle chenille d'un jaune pâle, semée de petites verrues noires dont chacune porte un poil rude. Son papillon est paré de belles ailes blanches semées de points bleus. —

Les *Processionnaires*, dont le nom est dû aux voyages que font
ces chenilles d'un arbre à l'autre en se suivant toutes pas à
pas, sont tantôt de couleur bleuâtre, tantôt brunes et remarquables par une série de petits tubercules rougeâtres, portant
une houppe de poils roux ou blancs. Elles attaquent de préférence le pin et le chêne, et vivent en société dans des nids
de soie en forme de bourse grisâtre et assez vaste pour en loger
plusieurs centaines. Le papillon qu'elles produisent est d'un
gris blanchâtre. Ces bêtes malfaisantes, dont le contact serait
dangereux pour la santé, n'ont pas de plus terrible ennemi
que le coucou. On peut aussi les détruire en faisant brûler
leurs nids. — Les *Arpenteuses* s'attaquent également aux jeunes
feuilles et aux bourgeons des arbres, même des arbres fruitiers dans les jardins. Il en existe plusieurs variétés. L'une
d'elles est grise, rayée d'une bande jaune de chaque côté; son
papillon est jaunâtre, piqué de brun. Une autre est noirâtre
avec des bandes blanches, jaunes ou vertes. Le papillon est
d'un gris vineux, rayé en travers de bandes brunes. Les femelles
n'ont que des moignons d'ailes. Ces espèces sont remarquables
par leur manière de progresser. Leur corps se recourbe en
compas pour faire de grandes enjambées. De là leur nom
d'arpenteuses. Les becs fins leur font une guerre acharnée. —
Les *Tordeuses* forment une autre série très nombreuse dans
laquelle se trouve le pyrale de la vigne que nous décrirons
à part. Mais il y a également les tordeuses du poirier, du
prunier, du cerisier et d'un très grand nombre d'autres arbres, qui vivent aux dépens des fleurs et des bourgeons, et se
logent dans des nids formés avec les feuilles tournées en cornet
et fermées avec des fils de soie. On voit souvent des arbres
dont toutes les feuilles sont desséchées et tournées de la sorte.
Il faut se hâter d'écheniller si l'on veut éviter la mort de l'arbre. Les papillons de ces espèces sont très petits et dévorés
par les oiseaux. — La *Nonne,* ainsi nommée de la couleur

sombre de sa livrée, est une des chenilles les plus redoutées
en Allemagne, où elle fait périr des forêts entières.

En dehors des chenilles, il existe encore des multitudes de
vers qui, pendant un temps plus ou moins long, font également aux arbres forestiers une guerre désastreuse pour se
transformer ensuite en insectes ailés de diverses catégories.
Citons en courant : — Les *Bostriches* qui font dans les forêts
d'Allemagne de si grands dégâts, qu'il fallut abattre en 1858
plus de 24,000,000 de mètres cubes de sapin qu'elles avaient
fait périr. — Les *Scolytes*, dont les larves attaquent par milliers les ormes et les autres bois immédiatement au-dessous
de l'écorce, y creusent des galeries régulières, et se tranfor-
ment en un petit coléoptère noirâtre. — Les *Termites* aux
fortes mâchoires qui attaquent sans scrupule les bois de cons-
truction en se creusant des galeries à l'intérieur, et finiraient
par miner complètement les navires si l'on n'y prenait garde.
Souvent il arrive que des planchers et des escaliers s'écroulent
rongés par ces redoutables bêtes, et les plus graves accidents
peuvent être causés par elles. Je m'arrête, car cette nomenclature est déjà longue, et j'ai encore à vous signaler de nombreux ennemis des cultures.

INSECTES DESTRUCTEURS DES MOISSONS.

Ces insectes sont tous extrêmement petits et échappent
facilement à nos moyens d'actions. Ils ne laisseraient pas un
grain sur terre si les oiseaux ne venaient à notre secours
pour les détruire. On va juger par quelques exemples de leur
prodigieuse fécondité.

La *Calandre ou Charançon de blé*, est un petit coléoptère
gros comme une puce. « Il naît d'un œuf que la femelle dépose
dans le grain. De cet œuf naît une larve dont rien ne trahit

la présence. Lorsque l'insecte après avoir mangé l'intérieur du grain est parvenu à sa grosseur, il s'y transforme en chrysalide, y subit sa métamorphose et n'en sort qu'avec des ailes, des élytres, des pattes et un bec armé de mâchoires vigoureuses. Une seule femelle pond 80 œufs qui ont bientôt suffi pour infecter un grenier de leur progéniture. »

L'*Alucite* était à peine connue il y a cent ans. Cet insecte a été signalé pour la première fois en Angoumois en 1760 et infecte aujourd'hui le Limousin, le Berry, la Tourraine, le Poitou, etc. C'est un lépidoptère qui prend naissance d'un œuf habilement insinué par la mère dans le grain vert avant sa maturité. De chaque œuf naît une petite chenille, qui après avoir dévoré un grain en colle l'écorce à un autre, puis un autre, et se fait ainsi une petite maison où elle subit ses métamorphoses. Dans les greniers où existe l'alucite, on voit voltiger les papillons sur les tas de blé à toutes les époques de l'année, ce qui indique une reproduction continuelle. Il est probable que l'œuf, habilement insinué dans les grains de semence, s'y conserve sous la terre et subit ses métamorphoses dès les premiers jours du printemps. Le pain fait avec du blé infecté d'alucite est dangereux pour la santé.

Le *Chlorops*, de l'ordre des diptères, a été bien décrit par M. Herpin. La ponte de la femelle a lieu deux fois par an, l'une au printemps et l'autre en automne. « Au mois de mai elle fait une première ponte sur les tiges du blé qui commencent à monter. Elle dépose son œuf vers la partie inférieure de l'épi, au fond des cannelures des feuilles. Environ quinze jours après la ponte, il sort de cet œuf une larve jaunâtre qui s'attache à la tige de la céréale, immédiatement au-dessous de l'épi y creuse un sillon, sans pénétrer dans le canal et fait périr la plante. A l'époque où l'on coupe les blés, la larve s'est déjà transformée en nymphe, elle devient mouche à la fin de septembre, et s'empresse avant de mourir d'aller déposer les œufs sur les blés récemment levés, ronger les jeunes tiges, ce qui détermine un gonflement au-dessus du collet et les fait mourir sur pied; après quoi les larves se métamorphosent à leur tour pour devenir mouches en mai, et pondre sur les tiges qu'elles auront respectées comme larves. On compte par des millions ce que ce petit insecte fait perdre à la culture des céréales en France. »

Le *Syrex* ne vaut pas mieux. Il a également été décrit par par M. Herpin. « Si vous parcouriez, dit ce savant, un champ de froment ou de seigle huit jours avant la moisson, vous remarqueriez un nombre plus ou moins considérable de tiges dont les épis droits et blanchâtres s'élèvent au-dessus des autres et paraissent avoir atteint leur entière maturité. En y regardant de près, vous trouverez ces épis vides, et leur chaume vous apparaîtra rongé à l'intérieur; les nœuds sont perforés, et une larve blanche y habite. » C'est la larve du syrex : on la trouve dans les chaumes dès le commencement de juin. Quelques jours avant la moisson, elle se retire près des racines, s'y file un cocon et y passe l'hiver. Au printemps, la chrysalide devient une mouche, qui se répand dans les champs et dépose ses œufs sur la céréale où ils se développent, et dont ils causent la destruction. On estime à un soixantième de la récolte les pertes occasionnées par le syrex, dans les contrées où il se répand. Ces chiffres n'ont pas besoin de commentaires.

INSECTES RAVAGEURS DE LA VIGNE.

Les insectes ravageurs de la vigne, ont pris en France
depuis quelques années un si grand accroissement et mena-
cent la fortune publique d'une façon si redoutable, que les
sociétés savantes s'en sont émues, et ont proposé des prix
énormes pour celui qui trouverait un moyen de les détruire.
Les plus terribles de ces insectes sont la pyrale et le phylloxera,
on peut y joindre la lisette.

La *Pyrale* de la vigne appartient à la famille des tordeuses.
Les chenilles sont verdâtres : réunies plusieurs ensembles,
elles attaquent les feuilles de vigne, les tordent et se cons-
truisent dans les replis un toit protecteur d'où elles sortent
pour aller dévorer les jeunes tiges, les fleurs, les grappes
qu'elles entremêlent en paquets avec leurs fils. En quelques
semaines la plus belle vigne est mise dans un état pitoyable.
A l'état parfait, l'insecte donne un petit papillon grisâtre,
qui pond sur les feuilles, et dans les fissures de l'écorce, des
œufs pour l'année suivante. On a conseillé de placer le soir
dans les vignes des lampions où les papillons viennent se
brûler, mais le bec des petits oiseaux est moins coûteux et
plus certain.

Le *Phylloxera* est un ennemi nouveau qui a déjà envahi le
Midi et qui menace les vignobles de la Bourgogne, de la Cham-
pagne et de l'Angoumois. Pour se faire une idée de la gravité
du fléau, il faut considérer que la 22ᵉ partie de notre territoire est plantée en vignes, et que partout où le phylloxera
passe, non-seulement la récolte de l'année est nulle, mais
l'avenir même du vignoble est compromis. C'est un petit,

insecte roussâtre qui s'insinue entre l'écorce et le bois, et
détruit toutes les racines. Il commence à pondre en avril et
se multiplie avec une rapidité effrayante. Le mal serait curable
si l'animal ne gagnait que par approche les vignes voisines ;
mais dans le courant d'août, les vieilles mères prennent des
ailes, s'envolent, et, guidées par les vents, vont au loin porter
le fléau de leur présence dans des cantons nouveaux. Un prix
de 300,000 francs est promis à celui qui trouvera un remède
contre une invasion si redoutable.

La *Lisette* est moins à craindre. Cet insecte, connu des savants sous le nom de *Rhinchite conique*, est un papillon d'un
beau bleu brillant. Au temps de la ponte, la femelle dépose
ses œufs sur les bourgeons à l'aide d'un trou qu'elle y perce.
La larve éclôt bientôt, se nourrit de la substance voisine,
et le bourgeon au lieu de prospérer se flétrit et tombe empor-
tant avec lui l'espoir de la récolte. On comprend que les oiseaux
seuls, avec leur bec délicat et leurs yeux perçants, puissent
saisir et vaincre de tels ennemis.

INSECTES QUI S'ATTAQUENT A L'HOMME.

Pour terminer cette longue nomenclature, je n'ai plus qu'à
vous dire un mot des insectes qui tournent leurs armes contre
l'homme lui-même, et peuvent nuire à sa santé. Il faut ranger
sous ce chef les *Scorpions*, les *Araignées*, les *Guêpes*, les
Mouches, les *Moucherons*, les *Puces*, les *Punaises*, les *Poux*, la
Gale, le *Ténia*, le *Lombric*, les vers *Ascarides*, etc.

Je n'ai pas à décrire tous ces petits ennemis, on les connaît
généralement. — Le *Scorpion* et l'*Araignée* ne sont pas précisément des insectes, mais je n'écris pas pour des savants.

Le premier pique avec l'aiguillon qui est au bout de la queue. Sa piqûre peut être mortelle; elle produit toujours une vive inflammation. L'*Araignée* mord avec un croc recourbé et creux comme la vipère qui recèle du venin, mais il n'y a guère qu'une espèce qui soit venimeuse, elle n'habite pas nos pays.

Les *Guêpes* et les *Bourdons* piquent avec un dard qui détermine une violente inflammation. On a vu des gens mourir pour avoir été attaqués par un certain nombre de ces vilains insectes. — Certaines *Mouches* s'étant repues de viandes corrompues communiquent le charbon, qui est mortel, à l'homme et aux animaux en les piquant avec leur dard. — Des *Moucherons*, comme les *Cousins* et les *Moustiques*, ont une piqûre qui sans être dangereuse détermine sur la peau une vive démangeaison.

Les *Poux*, *Puces* et *Punaises*, que la malpropreté des paysans laisse développer dans leurs maisons, troublent le repos et le sommeil par des piqûres sans danger, il est vrai, mais dont la trace est fort vilaine.

Je termine par un mot sur les vers qui se logent dans nos intestins. Quelques-uns d'entre eux, comme le *tenia*, sont dangereux. Celui-ci ressemble à un long ruban plat et blanc. Il se tient dans l'intestin et y vit en suçant le sang de ce viscère. Sa présence peut déterminer chez certaines personnes des convulsions et la mort. — Les *Lombrics* sont gros comme des vers de terre et de couleur blanchâtre. On les accuse de remonter jusque dans l'estomac et de produire des étouffements. — Enfin, les petits *Ascarides* qui ont un centimètre de long se développent aux ouvertures naturelles du corps et y déterminent des démangeaisons extrêmement pénibles.

Malgré mon amour pour les bêtes, j'abandonne toute cette série à l'extermination, et je vous engage à agir de même.

Voilà une bien longue liste, mes enfants, pleine d'ennemis de nos récoltes et de notre santé. J'aurais pu facilement la doubler ; mais ce que je viens de vous exposer du danger de la propagation des insectes, suffit pour vous convaincre de la nécessité de protéger les oiseaux qui nous en débarassent, et vous démontrer la vérité de cette maxime : *L'oiseau pourrait vivre sans l'homme ; mais l'homme ne pourrait subsister si les oiseaux disparaissaient de la terre.*

ÉPILOGUE

Les neveux de M. le curé sont devenus des hommes. L'un d'eux s'est fait prêtre, un autre instituteur, un autre militaire et le dernier magistrat. Marguerite a épousé un riche fermier du canton. Tous sont des membres ardents de la *Société protectrice des animaux*. L'abbé, à l'exemple de son oncle, fait les jours de congé des entretiens aux enfants du village; l'instituteur a établi dans son école une petite Société de l'Enfance pour la protection des nids et des animaux; l'officier inspire à ses soldats une tendre sollicitude pour le cheval de guerre, compagnon de leurs fatigues et de leur gloire; le juge est impitoyable pour les braconniers et les rouliers qui détruisent ou qui maltraitent les animaux que Dieu nous a donnés pour serviteurs : Enfin, si vous voulez voir une maison où les vaches fondent en lait, où les brebis ont des toisons magnifiques, où la basse-cour abonde en œufs et en couvées, vous n'avez qu'à vous rendre à la ferme de la Modie et à demander dame Marguerite, elle vous apprendra que *le meilleur moyen de tirer grand parti des bêtes c'est de les bien traiter*.

Quant au vénérable curé de Millac, Dieu l'a rappelé à lui. Son corps repose au pied de la croix du cimetière, à l'ombre du clocher de son église, au milieu de ceux qu'il a dirigés dans les voies saintes de la religion. Son dernier vœu a été qu'on plantât des myrobolans, des cerisiers, des troënes, des groseilliers et des sorbiers sur sa tombe. L'oiseau du ciel fait son nid dans leur feuillage et y revient, aux mauvais jours de l'hiver, chercher la nourriture qu'il ne trouve plus dans les champs.

FIN.

TABLE

TABLE

—

ONZIÈME ENTRETIEN

Les Insectes nuisibles

FIN DE LA TABLE.

Limoges. — Imp. E. ARDANT et Cᵉ.

L'ITALIE

ANCIENNE & MODERNE

Par ROY

Auteur de l'histoire de l'Algérie,
histoire de la Suisse, histoire de la République et du
Consulat, etc.

LIMOGES

EUGÈNE. ARDANT ET Cⁱᵉ, ÉDITEURS.

—